U0075915

國際學術研討會

古龍武俠小說 領先時代半世紀

【記者賴素鈴／報導】江湖代有才人出，這廂古龍凋零二十載，那廂今朝懸賞百萬獎新秀，浪淘不盡，唯有武俠熱愛，不隨時間變易，在學術研討會上更見分明。以「一代鬼才：古龍與武俠小說」爲主題，淡江大學第九屆文學與美學國際學術研討會昨起在國家圖書館，展開爲期兩天的議程，紀念武俠小說家古龍逝世二十周年，新生代學者與古龍故舊齊聚一堂，以文論劍話武俠。

日前與淡大中文系教授林保淳共同發表《台灣武俠小說發展史》，武俠小說評論家葉洪生昨天在專題演講中，直批胡適1959年底發表「武俠小說下流論」是「胡說」，學界泰斗的不當發言以及隨即展開的「暴雨專案」，反而促成1960年起台灣武俠新秀的繁興，

「武俠小說迷人的地方，恰恰在門道之上。」，葉洪生認定，武俠小說審美四原則在文筆、意構、雜學、原創性，他強調：「武俠小說，是一種『上流美』。」

集多年心血完成《台灣武俠小說發展史》，葉洪生認爲他已爲從十歲起迷上武俠小說的半世紀畫上完美句點，並且宣布他「以後決心退出武俠論壇，封劍退隱江湖」。

雖然葉洪生回顧武俠小說名家此起彼落，套太史公名言「固一世之雄也，而今安在哉？」，認爲這是值得深思的嚴肅課題，昨天意外現身研討會而備受矚目的溫世禮，則爲了紀念同是武俠迷的哥哥溫世仁，推出第一屆「溫世仁武俠小說百萬大賞」，即日起至今年10月3日截止收件，經兩階段評選後於明年12月7日公布首獎得主，預料將會是一場武林新秀的龍虎爭霸戰。

看明日誰領風騷？風雲時代出版社發行人陳曉林眼中的古龍，其實領先他的時代半世紀，以致如今雖然古龍逝世20年，陳曉林認爲大家對古龍的了解仍然有限，預言未來世代更能和古龍的後設風格共鳴。

昨天這場研討會，也凸顯武俠小說作爲一項文學研究門類，仍有待開發學習空間。多位與會者都指出，武俠小說的發表、出版方式和管道具考證難度，學術理論與論文格式的建立待加強。而武俠名家的版權之爭、市場競爭力，也增加出版推廣困難，古龍武俠小說的版權糾紛、司馬翎作品的版權官司也成爲研討會的場外話題。

與

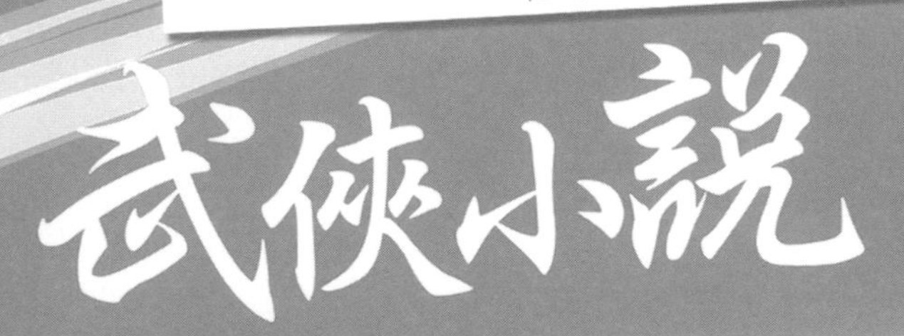

第九屆文學與美

古龍兄為人慷慨豁達、跌宕自如，變化多端，文如其人，且復多奇氣，惜英年早逝。余與古兄當年交好，且喜讀其書，今既不見其人，又無新作可讀，深自嘆惜。

金庸

一九九六、十、十一、香港

楚留香新傳

(五)

新月傳奇

【導讀推薦】

俠情與友情的淬煉

——《楚留香新傳：新月傳奇》導讀

著名文化評論家、《新新聞》總主筆 南方朔

紅花需要綠葉。

因此，福爾摩斯需要華生醫師，宮本武藏需要阿通姑娘和伊織，少年金田一需要七瀨美雪，而楚留香則需要胡鐵花。

將來如果有人研究古龍的作品及其寫作策略，胡鐵花必然會成爲一個主要的話題。沒有胡鐵花，整個楚留香的故事都將大爲失色。沒有了胡鐵花，甚至於連楚留香的故事都不可能紅起來。在胡鐵花的搭配下，楚留香這朵紅花，才像真正的紅花。

這就是「系列小說」裡那個固定的配角搭檔之重要。這個主要的配角，目的是在於襯托，無論是用哪一種方式來襯托，主角的個性與特點始可呼之而出。襯托是一種對照、一種掩飾、一種補充。他們做球讓主角打出漂亮的一擊。

福爾摩斯的探案裡，如果沒有華生醫師出現，全部的故事簡直就無法繼續下去。老實而又

經常有點笨拙，每次研究案情都會搞錯的華生，他襯托出了福爾摩斯的精明。而最重要的，則是由於有了他，對於案情的推理敘述，始可能自然而然地展開。華生是小說敘述裡的主要仲介者。

而在日本的武俠小說裡，主角按例必有配角，或爲苦命之女子、或爲樸拙的笨漢、或爲忠厚老實的徒弟跟班。苦命女子的作用，多半是襯托出主角那種孤絕男子漢的風格；而樸拙的笨漢，則用來當做甘草人物，一方面襯托主角，另方面可以製造出串場的小故事，增加敍述和閱讀的樂趣。在新派的推理漫畫及小說「金田一少年殺人事件簿」系列裡，七瀨美雪這個角色即把主角襯托成一個既平凡，但又卓越的少年偵探，而將主角與讀者間的距離拉近。高高在雲端的偉大人物，在目前這種時代已難討得讀者歡心，主角必須有其平凡如一般人的一面，七瀨美雪即發揮了這種配角功能。

而這也是胡鐵花的重要作用。胡鐵花是個浪子型的人物，好酒、性情率真、經常像普通人那麼糊塗，不斷會出各種短路的狀況，又喜歡鬧情緒，但他是楚留香的好朋友，可以一起鬥嘴，彼此消遣，但又相互真誠以待。胡鐵花在全部楚留香的故事裡，幾乎從來就未曾做出一件有功勞的事情，但他依然受人喜歡，原因即在於他恰如其份地發揮了他應有的角色功能。古龍創造出胡鐵花這樣的角色，在大眾小說裡的確有其不凡的意義。胡鐵花的配角特性極爲成功，原因是：

他是一種襯托。經由胡鐵花，楚留香那種具有江湖義氣男子漢的一面始可能凸顯。沒有這一部份，楚留香就會變得更像個紈袴型的風流英雄，其魅力就會大減。

他是一種對比。胡鐵花是個腦袋大而化之的人物，對各種狀況總是無法掌握，而且還經常鬧意氣、使性子，但這卻正好襯托出了楚留香的精明、細心等好的品質。他的形象是站在胡鐵花的肩膀上而造就的。

他有戲劇裡甘草人物的特性。他和楚留香鬥嘴、相互出糗，或者偶而出些小狀況，這些雖然和故事主軸沒有關係，但在情節一個個銜接而來的緊湊過程中，卻有舒緩之效，並讓小說得以增加許多小趣味。如果沒有了胡鐵花，小說就會變得異常貧薄乏味。

他也有類似於福爾摩斯與華生醫師那樣的關係；許多時候，當小說必須交代情節，但又找不到恰當的敘述方式時，即可聽著楚留香與胡鐵花的對話，而將情節的原委與因果說出來。這種以對話來交代故事的方法，幾乎每一部小說都經常可見。胡鐵花也扮演著「敍述仲介者」的重要角色。在小說的故事敘述中，有許多不同的表達方式，讓客觀的故事說它自己是一種；藉獨白、對話，甚至旁白等形式來表達，則是另一種。具有推理性的大眾小說，從福爾摩斯探案到克麗絲蒂探案，主角和一個固定的配角討論，藉以讓故事和推理並進，早已成爲最有力的敍述方式之一。胡鐵花的這種角色功能也同樣的重要。

因此，胡鐵花值得特別討論。問題是胡鐵花的角色出現在每一部楚留香故事裡，他的角色比重且大體相當，很難將其視爲任何一部作品的重點來做特別之討論。但若對胡鐵花不做討論，則不僅對胡鐵花難謂公平，亦對古龍創造出胡鐵花這樣的角色彷彿視若無睹。

所幸，有了《新月傳奇》這部作品。在這部小說裡，雖然胡鐵花仍然著墨不多，但也不太少，他第一次扮演了與楚留香無關的角色，但兩人間卻也一仍舊貫地有著密集的互動。因而遂可以藉此機會，將胡鐵花列爲重點。

《新月傳奇》的故事是這樣的：朝廷任用了一名號稱「杜先生」的中年婦人清剿水匪，但湖寇江賊等被漸漸平定後，一個更厲害的海盜史天王卻告崛起，朝廷已拿他無可奈何，「杜先生」遂設下一計，要將她那個被御賜「玉劍公主」封號的女兒「新月」下嫁，而後伺機對史天王行刺。楚留香由於偶然的機會搭救了「新月」的生父，而介入此事。而「杜先生」這邊，則指定要胡鐵花護衛「新月」公主到賊窟。對於這起婚姻，遂出現多方勢力的爭戰，由於史天王奪走了日本忍者大老石田齋彥左衛門的愛妾豹姬將軍，因而忍者介入，企圖行刺史天王；而豹姬不願失寵，則企圖對「新月」不利。楚留香後來邂逅「新月」，被獻上初愛。最後是「新月」順利下嫁，並在新婚之夜，將那一個武功高強，並有多個分身的史天王刺殺。

《新月傳奇》極有可看性，而且引入日本忍者，幾場比武亦復可圈可點，而在說到史天王及其分身時，簡直神乎其技。但除了這些有趣的段落外，楚留香和胡鐵花之間的關係亦多有著墨。例如，楚留香與胡鐵花之間有相互傳話的暗號，當他得知胡鐵花遭遇危險，遂立即奔赴搭救；他們兩人像每部作品那樣的嘻嘻哈哈，相互消遣。

不過，也不能完全疏忽了胡鐵花對楚留香的影響。例如，由於楚留香知道「新月」——即玉劍公主的身世，「杜先生」擔心楚留香洩漏出去，壞了她的大事，因而想將他置之死地；而玉劍公主在母命難違，且顧全大局之下，決定犧牲自己，因而趕楚留香走。處於這種尷尬的情況下，他著實有點泄氣。這時，胡鐵花就有這樣的鼓勵：

「你這個人實在愈來愈不好玩了，以前你不是這樣的。不管遇到多困難的事，你都不會退縮，不管遇到多可怕的對手，你都會去拚一拚。想不到現在你居然變成了個縮頭烏龜。」

除了對楚留香鼓勵之外，他們兩人其實也有相知的一面。例如，楚留香就這樣說道：

「其實你對我比我對你好得多。你處處都在讓我，有好酒好菜好看的女人，你絕不會跟我爭。我們一起去做了一件轟轟烈烈的大事，成名露臉的總是我，其實你也跟我一樣是去拚了命的。只不過拚完命之後，你就溜了，溜到一家沒人知道的小酒鋪去，隨便找一個女人，還要強迫自己承認你愛她愛得要死。」

這些話，大概是兩人「坦白交心」最徹底的一次，也將兩人的江湖之義做了最好的傍注。

《新月傳奇》裡，前半部寫胡鐵花較多。他受困被楚留香搭救，他和楚留香的吵鬧對話也最幽默有趣，至於他和花姑媽之間的那幾個段落，更令人爲之噴飯，這些都是胡鐵花以前風格的延伸。比較特殊的，乃是這次又進一步有了更坦誠對待的機會。經由這樣的「坦白交心」，胡鐵花這個平面型的人物，也彷彿有了更多的深度。唯一可惜的，乃是到了後半部，胡鐵花護衛玉劍公主這部份幾乎全未敍述，只集中到楚留香一個人身上。

胡鐵花是個有趣的角色，他平凡，有浪子的心情，包括對事情比較疏狂，比較無爭。由於有浪子的心情，因而他會追不喜歡他的女人，但若女人喜歡他之後，他又變得不再喜歡對方，這乃是一種對感情的畏懼。疏狂使他比較缺乏分析事物的興趣和能力，但在真性情上卻反而更加淋漓充沛。他的性格類型極爲特殊，只是他經常被人忽略了。

因此，當閱讀楚留香時，不妨對胡鐵花也多做一些「愛的鼓勵」！

古龍精品集 35

楚留香新傳（五）

新月傳奇

目錄

一碗奇怪的麵

夜，春夜，有雨，江南的春雨密如離愁。

春仍早，夜色卻已很深了，遠在異鄉的離人也許還在殘更中，懷念著這千條萬縷永遠剪不斷的雨絲。城裡的人都已夢入了異鄉，只有一條泥濘滿途的窄巷裡，居然還有一盞昏燈未滅。

一盞已經被煙火燻黃了的風燈，挑在一個簡陋的竹棚下，照亮了一個小小的麵攤，幾張歪斜的桌椅和兩個愁苦的人。

這麼樣一個淒涼的雨夜，這麼樣一條幽僻的小巷，還有誰會來照顧他們的生意？

賣麵的夫婦兩個人臉上的皺紋更深了。

想不到就在這時候，窄巷裡居然傳來了一陣腳步聲，居然有個青衣人冒著斜風細雨踽踽行來，蠟黃的面色在昏燈下看來彷彿重病已久，看來應該躺在床上蓋著棉被吃藥的。

但是他卻告訴這個小麵攤的老闆：「我要吃麵，三碗麵，三大碗。」

這麼樣一個人居然有這樣的好胃口。

老闆和老闆娘都忍不住用懷疑的眼光看著他：「客官要吃什麼麵？」

雖然已經有三十多歲，身材卻還很苗條的老闆娘問他：「要白菜麵？肉絲麵？還是蹄花麵？」

「我不要白菜肉絲，也不要蹄花。」青衣人用低沉沙啞的聲音說：「我要一碗金花、一碗銀花、一碗珠花。」

他不是來吃麵的，他是來找麻煩的。

可是這對賣麵的夫妻臉上卻連一點驚奇的表情都沒有，只淡淡地問：「你有本事吃得下去？」

「我試試。」青衣人淡淡地說：「我試試看。」

忽然間，寒光一閃，已有一柄三尺青鋒毒蛇般自青衣人手邊刺出，毒蛇般向這個神情木訥的麵攤老闆心口上刺了過去。出手比毒蛇更快、更毒。

麵攤老闆身子平轉，將一根挑麵的大竹筷當作了點穴鐝，斜點青衣人的肩井穴。

青衣人的手腕一抖，寒光更厲，劍尖已刺在麵攤老闆的心口上，卻發出了「叮」的一聲響，就好像刺在一塊鐵板上。

劍尖再一閃，青鋒已入鞘，青衣人居然不再追擊，只是用一種很平靜的態度看著這對夫婦。

老闆娘卻笑了，一張本來很平凡醜陋的臉上，一笑起來居然就露出了很動人的媚態。

「好，好劍法。」她搬開了竹棚裡一張椅子：「請坐，吃麵。」

青衣人默默地坐下，一碗熱氣騰騰的麵很快就送了過來。

麵碗裡沒有白菜、肉絲、蹄花，甚至連麵都沒有，卻有一顆和龍眼差不多大小的明珠。

在這條陋巷裡的這個小麵攤，賣的居然是這種麵，有本事能吃得下這種麵的人實在不多，可是這個人並不是唯一的一個。

他剛坐下，第二個人就來了，是個看來很規矩的年輕人，也要吃三碗麵，也是要「一碗金花、一碗銀花、一碗珠花。」

麵攤的老闆當然也要試試他「有沒有本事能吃得下去？」

他有。

這個年輕人的劍法雖然也跟他的人同樣規矩，但卻絕對迅速、準確、有效，而且劍式連綿，一劍發出，就一定有連環三著，多已不能再多，少也絕不會少，劍光一閃，「叮、叮、叮」三聲響，老闆的胸口已被一劍擊中三次，這個規矩人用的規矩劍法，竟遠比任何人想像中都快了三倍。

老闆連臉色都變了，老闆娘卻喜笑顏開，年輕人看到她的笑容，眼睛裡忽然有種他這種規矩人不該有的慾情，老闆娘笑得更嫵媚。

她喜歡年輕的男人用這種眼光看她。但是她的笑容忽然又凍結在臉上，年輕人的眼睛也冷了，就好像同時感覺到有一股逼人的寒氣襲來。

他的劍已入鞘，長而有力的手掌仍緊握劍柄，慢慢地轉過身，就看見一個身材雖瘦如竹竿，肩膀卻寬得出奇的獨臂人站在密密的雨絲中，背後斜揹著一根黑竹竿，把一頂破舊的竹笠低低的壓在眉下，只露出左邊半隻眼睛，錐子般盯著這個年輕人，一個字一個字地問：「你是不是鐵劍方正的門下？」

「是。」

「那麼你過來。」

「為什麼要我過去？過去幹什麼？」

「過來讓我殺了你。」

斗笠忽然飛起，飛入遠方的黑暗中，昏暗的燈光就照上了獨臂人的臉，一張就像是屠夫肉案般刀斑縱橫的臉，右眼上也有個「十」字形的刀疤，像一個鐵枷般把這隻眼睛完全封死，卻襯得他另外一隻眼中的寒光更厲。

年輕人握劍的手掌已沁冷汗。已經想起這個人是誰了。

他也看得出這個「十」字形的疤，是用什麼劍法留下來的。

獨臂人已伸出一隻瘦骨嶙峋青筋凸起的大手，反手去抽他肩後的漆黑竹竿。

但是老闆娘忽然間就已掠過麵攤，到了他面前，用一雙柔軟的手臂，蛇一般纏住了他的脖子，踮起了足尖，將兩片柔軟的嘴唇貼在他的耳朵上，輕輕地說：「現在你不能動他，他也是我特地找來的人，而且是個很有用的人，等到這件事辦完，隨便你要怎麼對付他都行，反正他也跑不了的。」她軟語輕柔：「我也跑不了的。」

她說話的聲音和態度都像是情人的耳語，簡直就好像把她的老公當作個死人一樣，那位麵攤的老闆居然也好像根本沒看見。什麼都沒看見。

獨臂人盯著她，忽然一把拎住了她的衣襟，把她像拎小雞一樣拎了起來，拎過那個麵攤子，才慢慢地放下，然後就一字字地說：「我要吃麵，三碗麵，三大碗。」

老闆娘笑了，笑容如春花：「這是我跟別人約好的，爲的只不過是要確定他們是否真的是我約的那個人，可是你不同，你就算燒成灰，我也不會認錯的，你何必跟我說這些蠢話？」

獨臂人什麼話都不再說，而且連看都不再去看那個年輕人一眼，就好像他已經把這個人當作死人了。

就在這時候，他們又看見一個人施施然走入了這條陋巷。

一個他們從未見過的人，也從未見任何一個像這個人這種樣子的人。

這個人的樣子其實並不奇怪，甚至可以說連一點奇怪的地方都沒有。

他看起來好像比一般人都要高一點，也許比他自己實際的身高都要高點，因爲他穿著的一雙有唐時古風的高齒木屐，雖然走在泥濘的窄巷裡，一雙白襪上卻沒有濺到一點泥污。

他的穿著並不華麗，可是質料手工剪裁都非常好，顏色配合得也讓人覺得很舒服。

他沒有佩劍，也沒有帶任何武器，卻撐著柄很新的油紙傘。可是，當他冒著斜風細雨走入這條陰暗的陋巷中時，就好像走在艷陽滿天、百花盛放的御花園裡一樣。

不管是在什麼時候、什麼地方，他的樣子都不會改變，因爲他本來就是這麼樣一個人，不管在多麼艱苦困難危險的情況下都不會改變。

所以他臉上好像總是帶著微笑，就算他並沒有笑，別人也會覺得他在笑。

也許這就是這個人唯一奇怪的地方。

昏暗的燈光也照上這個人的臉了，並不是那種能夠讓少女們一看見就會被迷死的臉，但是也絕不會讓人覺得討厭。

除了麵湯、麵鍋、湯匙、筷子、醬油、麻油、蔥花之外，這個小麵攤也和別的小麵攤沒什麼兩樣，也有個擺滷菜的大木盤，擺著些牛肉、肥腸、豆干、滷蛋。

這個人好像對每樣東西都很感興趣。

「每樣東西我都要一點，豆腐干最好切多一點。」他說：「另外再來兩壺酒，不管什麼酒都行。」

「麵呢？」老闆試探著問：「你要吃什麼麵？要幾碗？」

「半碗我都不要，」這個人微笑：「我只想喝點酒，不想吃麵。」

這個人居然不是來吃麵。

來吃麵的三個人神色都變了，獨臂人那隻瘦骨嶙峋的大手上已有青筋凸起，麵攤的老闆已經握住了那雙挑麵的長筷。

可是他的腳已經被老闆娘踩住了。

「我們這裡沒有準備什麼好酒，豆腐干倒真的滷得不錯。」老闆娘陪笑：「客官請到棚子裡頭坐，酒菜我馬上就送來。」

簡陋的席棚裡只有三張小桌子，已經被先來的三個人分別佔據了。

幸好一張桌位通常都不是只能讓一個人坐的，通常都會配上兩、三張椅凳，就正如一個茶壺通常都會配上好幾個茶杯一樣。

所以這個人總算也有個位子能坐下來。

他選的位子在第一個來的青衣人對面，因爲這個位子最近。

這個人好像很懶，能夠少走兩走就少走兩步，能夠坐下來就絕不站著。

他不但懶，而且好像有點笨，感覺也有點麻木，別人對他的敵意，他居然連一點也沒有感覺到，還沒有坐下去，就先問青衣人。

「天地這麼大，人這麼小，我們兩個能坐同一張桌子，看來很有緣。」他說：「我想請你喝杯酒，好不好？」

「不好，」青衣人的態度也不能算很不客氣：「我不喝酒。」

這個人摸了摸鼻子，好像覺得失望極了。

可是等到酒菜上來時，他又高興了起來：「一個人喝酒雖然無趣，至少總比沒有酒喝好一點。」

他剛說完這句話，就聽見有人在鼓掌。

「這真是千古不易的至理名言。」一個人拍掌大笑而來：「就憑這句話，就值得浮三大白。」

他的笑聲豪邁而洪亮，他走路時腰桿挺得筆直，他的衣裳是剛換上的，而且漿洗得很挺，他的腰帶上懸掛著一柄烏鞘長劍，黃銅吞口和劍柄的劍鍔都擦得閃閃發光。

爲了讓別人對他有個良好的印象，他的確花了很多功夫。

遺憾的是這一切都已掩不住他的落拓憔悴和疲倦了，只不過他自己還希望別人看不出來而已。

「可惜現在我還不能陪你喝酒，我要先吃幾碗麵。」他大步走到麵攤前：「我要三碗麵，三大碗。」

麵攤的老闆瞪大了眼睛看著他，就好像恨不得一把扼住他的脖子，問他爲什麼看不出這裡有個人不是來吃麵的，問他爲什麼連這點眼光都沒有。

佩劍的中年人也在瞪著他，忽然冷笑：「你爲什麼不開口？你這是什麼意思？是不是認爲我焦林已經老了，已經吃不得你們這碗麵了？」他的聲音已因憤怒而嘶啞：「這碗麵我吃不吃都無妨，可是我一定要讓你看看我還有沒有這個本事。」

他已拔劍。

他拔劍的方法完全正確而標準，但是他的手已經不太穩。

麵攤的老闆手裡一雙竹筷忽然刺出，以雙龍奪珠之勢去戳他的雙眼。

他的劍還未到對方的心口前，對方的竹筷已到了他的眉睫間。

他只有退。

只退了一步，竹筷忽然下擊，敲在他腕骨上，「噹」的一聲，長劍落地。

長劍落地時，焦林這個人也好像忽然自高樓落下，落入了萬劫不復的深淵。

就在這一瞬間，所有一切他一心想掩飾住的弱點，忽然間就全都暴露了出來。他的衰老、他的落拓、他那雙已無法控制穩定的手，甚至連他衣領和袖口上被磨破了的地方，都在這一瞬間讓人看得很明顯。

可是已經沒有人願意再看他一眼。

他慢慢地彎下腰，慢慢地拾起被擊落在地上的劍，一步步向後退。眼睛卻一直盯著麵攤老闆的竹筷。

他的手在抖，眼中充滿了絕望和恐懼，好像知道自己每退一步就距離死亡更近一步。

喝酒的那個人忽然站起來，先拿出塊碎銀擺在桌上，再撐起油紙傘，走過去扶住了他。

「我看得出你一定是酒癮犯了。」他微笑著道：「這兒的豆腐干雖然滷得不錯，酒卻太酸，我們換個地方喝酒去。」

古風的高屐踏著泥濘，嶄新的油紙傘擋住細雨，一手扶著一個人，漸漸走出了這條陋巷。

獨臂人看著他們，獨眼中已露出殺機，青衣人霍然站起，鐵劍門下的年輕人已握住他的劍，麵攤老闆也已經準備飛身而起。

「不能動！」

老闆娘忽然一拍桌子：「你們誰都不能動，誰動誰就死。」

麵攤的老闆臉色變了。

「這次我不能聽你的，我們絕不能留下焦林的活口。」他的聲音壓得很低：「這件事的關係太大，焦林多少已經知道一點，就算幹他那一行的人皆都很穩，我們也不能冒險。」

「就因為我們不能冒險，所以絕不能動。」老闆娘說：「只要一動，我們這件事就必敗無疑。」

「難道你怕焦林？難道你看不出他已經完了？」

「我怕的不是焦林。」老闆娘說：「十個焦林也比不上那個人一根手指頭。」

「哪個人？」老闆問：「難道你怕的是那個打扮得像花花公子一樣的酒鬼？」

「一點也不錯，我怕的就是他。」老闆娘說：「我本來也想做了他的，幸好我忽然認出他是誰了，否則我們現在恐怕已經完了。」

獨臂人忽然冷笑：「你有沒有認出我是誰？你是不是已經忘了我是誰？」

老闆娘輕輕地嘆了口氣：「我知道你是個天不怕地不怕的人，我也知道你自從在巴山敗過一次之後，四年來連戰七大劍派中十三高手，連戰皆捷。上個月你居然在一招間就將點蒼卓飛刺殺於劍下。」

獨臂人冷冷地說：「我在一招間殺的人並不是只有卓飛一個。」

一招奪命，這是何等凌厲惡毒的劍法！

「可是你在一招間絕對殺不了那個人的，」老闆娘說：「天下絕沒有任何人能在一招間殺了他，也沒有任何人能在一百一千一萬招間殺了他。」

她輕輕地告訴這些人：「因爲我記得他這一生中好像從未敗過。」

獨臂人悚然動容：「他究竟是誰？」

老闆娘終於說出了這個人的名字，她說出的這個名字，就好像某種咒語一樣，帶著種不可思議的魔法，使得每個人的臉色都變了，每個人都閉上了嘴。

她說出的這個名字就是：「楚留香。」

二 純純手帕上的新月

高牆、巨宅、大院。

楚留香把焦林帶到後宅的一個角門外，告訴焦林：「你在這裡等等我，千萬不要走。」

焦林怔住。

因為這個奇怪的陌生人說完了這句話之後，就像是個鳶子般被一陣風吹入了高牆，忽然看不見了。

這個人做事的方法好像和別人完全不一樣，焦林完全不了解他，甚至連他的姓名都不知道。

可是焦林信任他。

焦林從不相信任何人，但卻信任他，連焦林自己都不明白自己為什麼會如此信任他。

長夜已將盡，雨又停了，焦林並沒有等多久，角門就開了。兩個長得很可愛的垂髫童子，提著燈籠含笑迎賓。

焦林居然就跟他們走。

庭園深深，在燈籠的餘光中依稀只可分辨出一些美如圖畫般的花木山石、湖亭樓閣，楚留香已經在一個有五間明軒的小院門外等著他，臉上的笑容開朗，屋裡的燈光明亮，桌上已擺了酒，每樣事都足以讓一個落拓江湖的流浪者從心裡就開始覺得溫暖。

焦林並不是個多嘴的人，到了這時候卻不能不問。

「這裡是什麼地方？」

「是個可以讓你住三個月的地方。」楚留香微笑回答：「其實你要多住些時候也行，可是我知道你不管耽在哪裡，都不會超過三個月。」

「我爲什麼要在這裡住三個月？」

「因爲沒有人能想得到你會住在這裡，也沒有人會來打擾你，三個月後，事過境遷，大槪也就沒有人會急著要找你了。」楚留香說：「每個人都只有一條命，沒有命的人就沒有酒喝了。」

焦林開始喝酒，冷酒滲入熱血，酒也熱了，血更熱。

「我只不過是個日暮途窮的江湖人而已，我的手已經不穩、志氣也已消磨，今日如果沒有你，我恐怕已死在別人的劍下。」焦林黯然說：「我這個人可以說已經完了，你爲什麼還要這樣對我？」

「我不爲什麼，」楚留香說：「我做事通常都沒有什麼特別好的理由。」

「你知不知道賣麵的那夫妻兩個人是誰？知不知道今夜他們爲什麼要把我們這些人找

去？」

「我不知道，也不想知道。」

「爲什麼？」

「因爲我的麻煩已經夠多了。」楚留香摸著鼻子苦笑：「我可以保證，你隨便去找八十個人來，把他們的麻煩加在一起，也沒有我一半多。」

「可是你已經又惹上一個麻煩了。」

「哦？」

「剛才坐在那攤子上吃麵的人，殺人之快，要價之高，當今江湖中能比得上他們的人並不多，能付得起他們那種價錢的人也不多。」焦林說：「你應該可能想得到他們做的一定是件極機密的大事。」

「我多少總能想到一點。」

「只要能想到一點的人，他們大概就不會放過。」焦林說：「要他們多殺一個人，他們是絕不會在乎的。」

楚留香微笑。

「這一點我也想到了，只不過他們對我也許會比較客氣一點，多少總會給我一點面子的。」

「爲什麼？」

「因為他們其中有個人好像認得我。」

焦林一直低著頭，凝視著杯中的酒，聽到這句話才霍然抬頭。

「現在我才明白他們為什麼會放我走了。」他憔悴無神的眼睛裡忽然發出了光：「長長黑竹竿，所下無活口，可是連他都沒有動我。」

焦林舉杯一飲而盡，縱聲而笑，「現在我才明白他們怕的是誰了，我焦林已落拓如此，想不到居然還有福氣能夠見到你。」

他又連盡三杯，酒意上湧。

「我本來真是想得到那件差使，我知道他們出的價錢一定不會低，最少也夠我過一、兩年舒服日子，我也知道他們要殺的人是誰，那個人本來就該死。」焦林說：「我這雙手上雖然也帶著血腥，卻從未取過一文不義之財，我想要那件差使，只不過不想餓死而已。」焦林又大笑：「可是我今日能見到名滿天下的楚香帥，我已死而無憾。」

「你不會死的。」楚留香說：「一個不該死的人，想死也不太容易。」

他忽然又開始在摸鼻子：「我有個朋友就是死不了，每個人都以為他要死了，可是他總是死不了。」

一提這位朋友，楚留香就好像忍不住要摸鼻子，而且還忍不住要嘆氣：「我已經有好幾年沒有看見他了，想不到忽然又有了他的消息。」

「什麼消息？」

「他要我去找他，到一棵樹上去找他。」

「你是說一棵樹？」焦林儘量想辦法掩飾住自己的驚訝：「一棵有樹枝有葉子的那種樹？」

「就是那種樹。」

「你的那位朋友在一棵樹上等你去找他？」

「他恐怕已經在那裡等了很久。」楚留香說：「恐怕已經等了一、二十天了。」

「一直都在樹上等？」

「大概一直都在。」

「我不懂，我真的不懂。」焦林苦笑：「有時候我也喜歡到一棵樹上去坐坐，弄一葫蘆酒上去，摘幾個果子吃吃。可是不管要我等什麼人，我都不會在一棵樹上等這麼久的。」

可是楚留香只問了他一句話，他就懂了。「如果你在那棵樹上下不來呢？」

焦林立刻明白。

「你那位朋友有危險，所以躲在那棵樹上，等你去救他。」焦林說：「你們一定是老朋友了，那棵樹一定在你們以前常去的地方，你們之間一定約好了一種在緊急時呼救的訊號，就算你不在附近，你的朋友看見了，也會想法子轉告你。」

他說：「楚香帥交遊滿天下，到處都有朋友，這裡的主人一定也是你的朋友，否則怎麼肯收留我？」

說完了這句話，焦林趕快又喝了杯酒，因爲他忽然發現自己非但沒有喝醉，頭腦還清醒無比，而且比大多數人都要聰明得多。

楚留香微笑。

「你說得簡直好像比我自己說得還清楚，所以現在我只有跟你說兩個字了。」

「哪兩個字？」

「再見！」

「再見」這兩個字是兩個非常簡單的字，其中的意思卻往往複雜，有時是說：「很想再見面」。有時是說：「很快就要再見面。」有時也可能是說：「永遠不要再見面了。」

只有一點是不會變的——當你說出這兩個字的時候，不是在你自己要走的時候，就是在你要別人走的時候。

楚留香不想要焦林走，他自己要走。

他一向說走就走。可是這次焦林卻讓他留了下來，只說了五個字就讓他留了下來。

「你走，我也走。」

看到楚留香已經快要被風吹出去的身子又站住，焦林才接著說。

「我知道你要去找的那個朋友一定是胡鐵花，我也知道你爲了他，什麼事都可以暫時放到一邊去。」焦林說：「可是我也要去找一個人，我跟這個人的關係，遠比你跟胡鐵花還深。」

「這個人是誰？」

「是我的女兒，親生的女兒。」焦林說：「雖然我不知道她在哪裡，可是我也要去找她的。」

「你連你自己的女兒在哪裡都不知道？」

「我不知道。」焦林說：「可是我知道我有個女兒，你說我能不能不去找她？」

楚留香又在摸鼻子了，摸了半天才說：「你可以不去。」

他一向不是個不講理的人，這句話卻說得實在有點不講道理，焦林當然忍不住要問他：「爲什麼？」

「因爲我剛救了你，實在不想你死。」楚留香說：「何況你自己也不知道你的女兒在哪裡，怎麼去找她？」

「我有我的法子。」

「只要你把你的法子告訴我，我就可以幫你去找她，所以你就可以不去。」楚留香說：「如果連我都找不到她，你一定也找不到的。」

沒有人能否認這句話，楚留香畢竟還是很講理的人。

焦林的眼睛立刻就亮了，立刻就像變戲法一樣變出了一塊純絲手帕。

雪白的絲帕已經變黃了，上面用紅絲線繡著一鈎彎彎的新月。

「她的母親還沒有生下她就跟我分開了，我只知道她脖子下面有塊這麼樣的胎記，就像這塊手帕上繡的這彎新月一樣。」焦林說：「可惜我不知道她的母親離開我之後去了哪裡，因爲那已經是十八年前的事了。」

一塊手帕，一個胎記，在脖子下面的胎記。「脖子下面」的意思通常就是在酥胸之上，一個十八歲的女孩子就算是個白癡，也不可能隨便把這種地方露出來給別人看的。

楚留香傻了。

他看到焦林臉上的表情，接過這條手帕時，就已經知道他又跳上了一條賊船，而且是他自己心甘情願要跳上去的。

焦林又說：「我當然知道要這麼樣去找一個人實在很不容易，幸好我也知道楚留香這一生中還沒有辦不到的事，所以我放心得很。」

他當然放心得很，因爲他已將這個他自己永遠無法解決的難題，像拋一個熱山芋一樣拋給了別人，拋給了這個世界上唯一肯接下他這個熱山芋的人。

楚留香看著他，看了半天，忽然笑了：「你這個老狐狸，你爲什麼不要我到天上去摘這麼樣一個月亮下來給你？」

但是現在最讓楚留香擔心的，還不是遠在天邊的這一彎新月，而是附近深山中一棵大樹上的一個狗窩，和一個躲在狗窩裡的人。

一棵好大好大的樹。好高好高。

那時他和胡鐵花還是孩子，他們用和這棵樹同樣顏色的木頭在這棵樹上枝葉最濃密的枝椏間搭了一個小木屋，比鳥窩的規模當然要大一點，和原始人爲了躲避野獸夜襲，在樹上搭的那種屋子比起來就差不多了。

那時候他們是爲了好玩，那時候他們的輕功已經很不錯，所以才搭了這麼樣一間木屋。

胡鐵花提議：「我們就把這地方叫狗窩好不好？」

「爲什麼要叫狗窩？」楚留香不願意：「只有老鷹大鵬才會在這種地方搭窩，我們既不是狗，狗又不會上樹，我們爲什麼要把這裡叫狗窩？」

「因爲我喜歡狗。」胡鐵花的回答通常總是讓楚留香摸鼻子的：「而且以後我們說不定也有一天會被別人像野狗一樣追得沒地方可走的，那時候我們就可以躲到這裡來了。」

所以這地方就定名爲狗窩。

雖然他們並沒有被別人追得像野狗一樣到處亂跑，卻還是到這裡來過，帶一葫蘆酒，摘幾個果子，喝得滿樹爬，把心裡所有不能、不敢、也不願對別人說的話，全都說出來之後才走。

最後一次要走的時候他們還約定：「只要我們有危險，就躲到這裡來，不管先來的是誰，另外一個人一定要來救他。」

胡鐵花還說：「如果我要來，我一定會在你常去的每個地方都留下『狗窩』兩個字。別人雖然不明白那是什麼意思，可是你一定明白地。」他告訴楚留香：「那時候我的情況一定很緊急了，所以你只要一看見，就一定要馬上趕來。如果你看見我是用白粉寫的字，那麼來遲一步恐怕就得替我買口棺材來了。」

楚留香看到了這兩個字。用白粉寫的，在很多地方都看到過。

他看到的時候粉塵已脫落，以他的經驗判斷，胡鐵花留字的時候距離他看到的時候最少已經有十五天到二十天了。

最近他雖然常在江南，常在這一帶，可是這一帶的範圍還是很廣闊，他能夠在二十天之內看到他們在十年前約定的這兩個字，已經算胡鐵花的運氣很不錯。

可是二十天已經不算短了，在這二十天裡面死的人，已經很可能比任何一個人活著時看到的螞蟻都多，胡鐵花很可能就是其中的一個。

胡鐵花沒有死，楚留香卻快要被氣死了。

他看到胡鐵花的時候，胡鐵花非但連點危險都沒有，而且遠比這個世界上大多數人都風流快活。

山還是那座山，樹還是那棵樹。

在這一片淒迷的雲煙和蒼鬱的山色中看，好像什麼都沒有變。

而樹上的那個狗窩已經變了。

它的外表也許還沒有變，因爲它是用一種最好的木頭和兩雙最靈巧的手搭出來，所以經過多年風吹雨打後，還是原封不動。

可是它裡面已經變了。

這個世界上已經沒有任何一個人會認爲這個地方是個狗窩。

就算它是個窩，那麼不管它是安樂窩也好，是神仙窩也好，卻絕不是狗窩。

胡鐵花的樣子看來也絕不像是條被人追得無路可走的野狗。

這個窩裡本來應該只有一張小木桌、兩張破草蓆、幾個空酒罈和一個胡鐵花的。

可是現在所有的一切全都變了。就好像曾經有一位神仙到這裡來過，朗吟飛過洞庭湖之後順便到這裡來了一趟，用一根能夠點鐵成金的手指頭把這裡每樣東西都點了一點。

於是兩張破草蓆忽然就變成了一滿屋世上最柔軟、最溫暖、最昂貴的皮毛。

於是那些用乾泥巴做成的空酒罈，也忽然都變成了白玉黃金樽，而且都盛滿了從天下各地飛來的佳釀美酒。

於是一個落拓江湖，滿臉鬍子的胡鐵花也變成了五個人——一個男人和四個女人。

女人當然都是可以讓男人神魂顛倒，只要看過一眼就會連睡覺都睡不著的女人，一個嬌小玲瓏，一個溫柔甜膩，一個健康結實，一個弱不勝衣。

男人當然是個很有資格配得上這些美女的男人，高大健壯而成熟，頭髮梳得光光亮亮，鬍子刮得乾乾淨淨，看起來和那個經常一、兩個月不刮鬍子，不洗臉，也不換衣裳的胡鐵花簡直是兩個人，完全不同的兩個人。

不幸的是，楚留香一眼就看出了這完全不同的兩個人就是一個人。

胡鐵花就算被燒成灰，楚留香還是一眼就可以把他認出來。

這個人怎麼會變成這樣子的？這個地方怎麼會變成這樣子的？

楚留香想不通。

如果這個世界上真的有這麼樣一位神仙下凡，真的有這麼樣一根可能化腐朽爲神奇的手指，楚留香倒真的想把這根手指借來用一用，在這個已經不像是胡鐵花的胡鐵花身上點一點，把他變成一條豬。

三　憐香惜玉的人

人是不會變成豬的，可是胡鐵花如果真的變成了一條豬，也不會讓楚留香覺得更奇怪。

他實在連做夢都沒有想到胡鐵花會變成這樣子。

胡鐵花也在看著他，居然也好像第一次看見這個人一樣，而且這個人臉上還長著一朵喇叭花。

「你是不是吃錯了什麼藥？」胡鐵花居然問他：「還是被人踩到了尾巴？」

「這個人有尾巴？」一個女孩子故意瞪大了她一雙本來就很大的眼睛：「我怎麼看不出他的尾巴在哪裡？」

「一個人如果變成了老狐狸，就算有尾巴，別人也看不見的。」胡鐵花一本正經地說：「可是你們看，他的樣子是不是有點怪怪的？是不是好像剛把一隻又胖又肥的大臭蟲活活吞下去了？」

女孩們都吃吃地笑了起來，她們的笑聲就像她們的人一樣迷人。

楚留香在看著自己的手，實在很想把這隻手握成拳頭，送到胡鐵花鼻子上去，把這小子的一個鼻子打成兩個。

一個人的臉上如果長著兩個鼻子的時候，大概就不會放這種狗屁了。

只可惜楚留香一向沒有打朋友鼻子的習慣，所以只好把這隻手摸到自己鼻子上去。

女孩子們笑得更開心，他居然也陪著她們笑起來，而且笑得比她們更開心。

「好玩好玩，真是好玩極了。」他問胡鐵花：「你幾時變得這麼好玩的？我怎麼一點都不知道。」

「難道你覺得不好玩？」胡鐵花眨著眼：「難道你在生我的氣？」

他居然一臉理直氣壯的樣子：「難道你一定要看到我已經被人打得鼻青臉腫，像野狗一樣躲在這裡，你才會高興？」

小桌除了擺滿了各式各樣的乾果、蜜餞、糕餅、肉脯外，還有兩罈酒。

胡鐵花又問楚留香：「你看不看得出這是什麼？」他拍著酒罈子：「這一罈是三十年的女兒紅，這一罈是最好的瀘州大麯。」

他又摟起了旁邊一個細腰長腿的女孩子：「你的鼻子雖然不靈，眼光卻一向不錯，當然也應該看得出這幾位小姑娘，每一個都比我們以前遇到的那些女孩子好看十八倍。」

胡鐵花搖著頭嘆息：「一個人有了這麼好的酒，這麼好看的女孩子，居然還沒有忘記把他的朋友找來分享，你說這個人是個多麼夠義氣的朋友。」胡鐵花嘆著氣說：「如果我有這麼好的朋友，我簡直要流著眼淚跪下去吻他的腳。」

楚留香笑了，這一次是真的笑了。

如果你交到這麼一個朋友，你能對他怎麼樣？咬他一口？

那個大眼睛的小姑娘吃吃地笑道：「你放心，他不會真要你吻他的腳的，他只不過想你想得要命，所以才用了一點詭計把你騙來，只不過要你陪他喝杯酒而已。」

她跪在小桌前，用白玉杯替楚留香滿滿地倒了一杯女兒紅，她的一雙手比白玉還白，手上還戴著個碧綠的翡翠戒指。

楚留香也坐下來了，盯著她這雙手，就好像一個標準的老色迷一樣。

「你叫什麼名字？」

少女笑得更甜，把酒杯送過去，送到楚留香面前：「你先喝光這杯酒，我就告訴你。」

「不行，喝一杯不行，」楚留香說：「我最少也要先喝十八杯。」

他伸出手，卻不去接酒杯，卻握住了那雙又白又嫩的手。

大眼睛的小姑娘嬌笑著不依：「你壞死了，你真是個壞人。」

「我本來就是個壞人。」楚留香笑得有點不懷好意：「我可以保證，我絕對比你想像中還壞十倍。」

只聽「咯」的一聲響，這位小姑娘一雙白玉般的小手已被他拗脫了節。

她手裡白玉杯已被楚留香擲出去，打在那個細腰長腿少女的腰眼上。

她的翡翠戒指也已不知在什麼時候被楚留香脫下來，以中指扣拇指彈出，擊中了另一個女孩子左肩上的肩井穴。

大眼睛的小姑娘疼得叫出來的時候，她們已經不能動了。

三個女孩子都已被嚇呆。

她們實在連做夢都想不到這個看起來好像很懂得憐香惜玉的人，居然會這樣子對付她們。

她們之中看起來最柔、最弱、最嬌小的一個，卻忽然抽出一柄寒光四射的短刀，抵住了胡鐵花的咽喉。

「楚留香，我佩服你，你的確有兩下子，我實在不明白你怎麼會看出這地方有破綻來的。」她恨恨地說：「可是你只要再動一動，我就割下他的腦袋！」

無論誰都看得出她不是在故意嚇唬人。

這個世界上本來就有種女孩子，平時看起來好像比小貓咪還乖，可是只要有一點不對，她就會露出她的利爪來，不但會把你抓得皮破血流，就算把你活活抓死，她也不會霎一霎眼。

這個女孩子無疑就是這種人。

胡鐵花雖然還在笑，臉色卻有點發白了，楚留香卻完全不在乎。

「你割吧，最好快點割，隨便你要怎麼割都行。」楚留香微笑：「那個腦袋又不是我的腦袋，你割下來我又不會痛。」

他居然又坐了下去，就好像準備要看戲一樣，臉上居然還帶著種很欣賞的表情。

「你割，我看，」楚留香笑得更愉快：「看你這麼樣一個漂漂亮亮的小姑娘割人的腦袋，一定是很有趣。」

胡鐵花叫起來了：「有趣？你居然還說有趣？」他大叫：「你這種朋友是什麼朋友？」

楚留香悠然微笑：「像我這樣的朋友本來就少見得很，想見到一個都很不容易，今天被你們見到了，真是你們的福氣。」

本來要割人腦袋的少女好像已經有點發慌了，一雙本來充滿殺機的眼睛裡已經露出了害怕的表情。

她不是不敢割人的腦袋，可是割下了這個人的腦袋之後呢？她自己的腦袋是不是也會被人割下來？是不是還會遇到一些比腦袋被割下更可怕的事？

楚留香並沒有說這種話，他一向不會說這種話。這種話本來就不是楚留香這種人能說得出來的。

可是他總有法子讓別人自己去想像。

寒光四射的短刀依然架在胡鐵花脖子上，拿著刀的手卻好像已經開始在發抖了。

「如果你並不急著要割他的腦袋，我也不急。」楚留香悠然道：「在這裡坐坐也很舒服，我也一向很有耐性。」

他又嘆了口氣：「唯一的遺憾是，這裡的酒都是絕對不能喝的，喝了之後一定就會變得像這位胡大爺一樣，使不出力來了。」

拿刀的手抖得更厲害。

這麼樣耗下去要耗到幾時？耗到最後會有什麼樣的結果？

她忽然發現這件事已經變得很不好玩了。

楚留香彷彿已經看出了她心裡在想什麼，忽然提議：「如果你已經不想再這麼玩下去，我們還有個法子可以解決這件事。」

「什麼法子？」她立刻問。

「你讓我把我們這位胡大爺帶走，等我們走了，你們也可以走了，我絕不會碰你們。」楚留香說：「你應該知道我一向是個最懂得憐香惜玉的人。」

幾乎毫不考慮的，拿刀的手立刻就離開了胡鐵花的咽喉。

「好，我相信你。」她說：「我知道楚留香一向言而有信。」

兩隻手的手腕都已脫了臼的大眼睛本來一直忍住疼痛在掉眼淚，忽然大聲問：「我們並沒有做錯什麼事，這位胡大爺也一直很聽話，我們叫他怎麼做，他就怎麼做，楚留香怎麼會知道酒裡有迷藥，發現我們的秘密？」

楚留香微笑著倒了杯酒給她：「你先喝完這杯酒，我就告訴你。」

酒是不能喝的。

所以她們永遠也猜不出楚留香怎麼會發現她們的秘密。

高山、流水。

泉水自高山上流下，流到這裡，集成一池，池水澄清。

胡鐵花身上還是穿著那身花花大少的衣裳，穿得整整齊齊的。

他就這麼樣整整齊齊的穿著一身衣裳，泡在澄清的池水裡。

因爲楚留香堅持認定只有用這法子才能幫助他快一點解開藥力，他想反對都不行。

他只有看著楚留香，像一隻公雞一樣盯著楚留香看了半天，忽然長長嘆了口氣：「你真行，你真了不起，不但英俊瀟灑，而且聰明絕頂，像你這麼偉大的天才，找遍天上地下也找不出第二個來。」他愈說聲音愈大：「如果你自己認爲你只不過是天下第二個最偉大的人，絕對沒有人敢認第一。」

楚留香躺在池水旁一塊青石上，一臉很舒服、很愉快地樣子。

「我喜歡聽這一類的話，你最好再多說幾句。」

「我當然會說的，只可惜我說的並不是你。」

「不是我？是誰？」

「是我自己。」胡鐵花道：「我說的是我自己，因爲我實在太聰明、太偉大，連自己都不能不佩服。」

楚留香躺著的時候是很少有人能讓他站起來的，可是現在一下就跳起來了，就好像看見鬼一樣看著胡鐵花。

「你是不是在說你很佩服你自己？我有沒有聽錯？」

「沒有，你完全沒有聽錯。」胡鐵花說：「你的耳朵又不像你的鼻子那麼差勁，怎麼會聽錯！」

「我在那種要命的情況下把你救了出來，連別人都對我佩服得要命，你非但不感激我，也不佩服我，反而拚命往自己臉上貼金。」楚留香搖頭嘆氣！「這一點連我都不能不佩服。」

「你當然也要佩服我。」胡鐵花正經地說：「沒有我，你怎麼能把我救出來？」

楚留香愣住。

他一向知道胡鐵花的臉皮很厚，卻還是想不到居然厚到如此程度。

可是胡鐵花也有胡鐵花的道理。

「我們是老朋友了，已經快老掉了牙，我問你，你看我洗過幾次澡？」

「好像沒有幾次。」楚留香在記憶中搜索：「好像只有一、兩次。」

「要我洗澡是不是件很困難的事？」

「也不算很困難，只不過比要狗不吃屎困難一點點而已。」

「要我不喝酒呢？」

「那就真的困難了。」楚留香嘆口氣：「那簡直比要你不碰女人更困難。」

「那個狗窩裡，有那麼多好酒，那麼多好看的女人，可是你看到我的時候，我卻清醒無比，而且洗得比你剛出生時還乾淨，就算是條豬，也應該看得出情況不對了。」胡鐵花咧開大嘴對楚留香笑了笑：「何況你最少比豬要聰明一點。」

楚留香說不出話來了。

他忽然發現胡鐵花確實是有道理的，非常有道理。

唯一的問題是：「像你這麼樣一位偉大的天才，怎麼會被四個小女孩制住了的？」

胡鐵花的回答比這個問題更絕。

「就因爲她們是四個小女孩，所以我才會被她們制住。」胡鐵花說：「如果是四個老頭子想要把我制住，談都不要談。」

「有理。」

「遇到那樣四個女孩子，就算我明明知道她們給我喝的酒裡有藥，我也會喝下去的。」

胡鐵花苦笑。

「只可惜一喝下去之後，我就一點力氣都沒有了。」

「在那種情況下，你怎麼還能回到那個狗窩去？」

「當然是我要她們送我去的。」

「她們怎麼肯送你去？」

「因爲你。」

胡鐵花說得很乾脆：「我看得出她們也在找你，只可惜找不到而已。所以我就索性把這個法子教給她們了。」

「什麼法子？」

「騙狗入狗窩的法子。」

楚留香苦笑：「現在我才知道你真是個好朋友，拖人下水的本事更是天下第一。」

「我不拖你下水拖誰下水？你不來救我誰來救我？」胡鐵花瞪著大眼，完全是一副理直氣壯的樣子：「何況我這樣做也是爲了要讓你高興。」

「爲了要讓我高興？」楚留香不懂：「我有什麼好高興的？」

「能夠把我這麼樣一個好朋友從別人手裡救出來，你心裡難道還不高興？」胡鐵花說得振振有詞：「如果我沒有那麼做，你怎麼會找到狗窩去？怎麼能把我救出來？」

楚留香摸著鼻子想了半天，終於不能不承認：「有道理。」他嘆著氣：「爲什麼你說的每句話都好像很有道理。」

他忽然又問胡鐵花：「你有沒有想到過，她們這樣對你也許並沒有惡意，只不過想把你招回去做女婿而已。」

楚留香自己替胡鐵花回答了這個問題：「你一定想到過的，自我陶醉的本事，天下也很少有人能比得上你。」

「我不必自我陶醉。」胡鐵花說：「像我這麼樣的一表人才，又英俊又聰明，又勇敢又成熟，本來就是她們那種黃毛丫頭最喜歡的男人，只要我肯用一點小小的手段，她們不被我迷死才是怪事。」

「你爲什麼不能自己去迷死她們？爲什麼要我來救你？」

「因爲現在我沒空跟她們玩這種遊戲。」胡鐵花的表情忽然變得神秘而嚴肅：「現在正有件大事等著要我去做，而且非要我去做不可，否則天下就要大亂了，江湖中也不知道會有多少人要因此而死。」

他說得完全像真的一樣，楚留香盯著他看了半天，也看不出他有一點開玩笑的樣子。

「你要去做的是什麼樣的大事？」

胡鐵花聲音壓得更低，一字字地說：「我要替我一個朋友把她的女兒送給一個人做老婆。」

楚留香簡直快要氣死了，活活地被他氣死了：「這種事也能算是大事？」

「當然是大事。」胡鐵花說：「如果你知道我說的那個朋友是誰，你就會明白這件事有多麼重要。」

「你那位朋友是誰？」

「現在我還不能告訴你他是誰。」胡鐵花正色道：「我只能告訴你，在江湖中，他也許沒有你的名氣大，可是他的身分和地位卻遠比你高得多。他的女兒不但是天下聞名的美人，而且還是位公主，當今天子御旨親封的正牌公主，一點都不假。」

「你要把這位公主送去嫁給誰？」

「說起這個人，名氣就未必比你小了。」胡鐵花道：「我想你大概也聽說過，近年來縱橫七海威鎮天下的天正大帥史天王。」

楚留香的臉色忽然變了。

「江湖中好像有很多人都不贊成這門親事，所以那位公主才要我來護送，而且是她府上的花總管親自來邀請我的。」胡鐵花道：「所以除非史天王忽然暴斃，這門親事誰也阻攔不了。」

楚留香眼睛裡忽然發出了光，忽然大聲道：「我明白了，現在我總算明白那位姑奶奶找他們那些人去是幹什麼的了。」

「那位姑奶奶是誰？」胡鐵花問：「他們那些人又是些什麼人？」

「那位姑奶奶就是那個小麵攤的老闆娘。」楚留香說：「那些人就是那天晚上專程趕到那個小麵攤去吃麵的人。」

胡鐵花是個絕人，常常會說些很絕的話，有時候連楚留香都聽不懂。

這一次情況卻改變了。

這一次胡鐵花竟會聽不懂楚留香在說什麼？

「你剛才在說什麼？」他故意問：「是不是說你有位姑奶奶擺了個小麵攤，生意好得造反，三更半夜都有人專程去吃麵。」

胡鐵花忍住笑，一本正經地說：「你這位姑奶奶真有本事，我實在想不到你居然有個本事這麼大的姑奶奶，居然還會賣牛肉麵。」

「她賣的雖然不是牛肉麵，但是她的本事倒是的確不小。」楚留香嘆了口氣：「如果她真是我的姑奶奶，我就太有面子了，只可惜她不是。」

「那麼她是誰的姑奶奶？」

「她當然不是你的姑奶奶。」楚留香也一本正經地說：「她是你的媽。」

「我的媽呀！」胡鐵花立刻就叫了起來：「你說的是不是那位要人老命的花姑媽？」

「難道你現在另外又多出幾個媽了？我記得你本來好像只有她一個的。」

「我的媽呀！」胡鐵花還在叫：「她不是已經找到了一個冤大頭願意娶她了麼？好好地日子她不過，又跑出來幹什麼？」

楚留香看著他直笑：「也許她想來想去還是覺得你這個兒子比那個冤大頭好，所以又出來找你了。」

他的樣子看起來就好像一個幸災樂禍的人，看見了別人一腳踩到狗屎上。胡鐵花的樣子看起來就好像已經有人把那堆狗屎塞到他嘴裡去了，連吐都吐不出來。

「千萬拜託，你千萬不能讓她找到我。」胡鐵花說：「我還要留著我這條老命多陪你喝幾年酒。」

楚留香看著他愁眉苦臉的樣子，忽然嘆了口氣：「你真以爲你是個人見人愛的小白臉？天下的女人都愛死你了，如果沒有你，一個個全都非死不可？」楚留香說：「只可惜人家這次出來雖然是爲了要找人，找的卻不是你。」

「不是我？」胡鐵花簡直不能相信！「她要找的不是我？是誰？」

「我也不知道她一共找了多少人，我只知道她已經找到三個。」

胡鐵花又叫起來，叫的聲音比剛才還大。

「一找就找三個！這個女人實在太過分了。」他又忍不住問楚留香：「她找到的是哪三個？」

「我只認得其中兩個。」楚留香說：「一個是要價三萬兩的黃病夫，一個是要價十萬兩的黑竹竿。」

胡鐵花忽然生氣了：「我連一文錢都沒有問她要過，他們憑什麼問她要這麼多？」

他當然不是真的在生氣，雖然心裡已經覺得有點酸酸的，甚至有點失望，卻不是真的在生氣。

因爲他並不是個只會吃醋只會自我陶醉的笨蛋，這兩個人是幹什麼的？花姑媽爲什麼要找他們？他也清楚得很。

找他們的人只有一個目的。

——要他們去殺人，殺一個很不容易被殺死的人。

在這種冷酷神秘而且非常古老的行業中，黃病夫和黑竹竿都是第一流的好手，所以他們要的價錢都特別高，尤其是黑竹竿，多年前就已經在這一行要價最高的十個人中名列第三。

因爲他可靠。

他的信用可靠，嘴也可靠，絕不會洩露買主的秘密，就算被人砍下一條膀子來，也不會洩露一個字。

最可靠的，當然還是他那柄藏在黑竹竿裡的劍，這柄劍殺人幾乎沒有失過手。

「可是我知道花姑媽一向沒有錢的，她花錢比我還花得快。」

胡鐵花終於開始說正經話了：「她就算要殺一個人，也花不起這麼多錢去找黃病夫和黑竹竿。」

「花錢的也許並不是她，也許她只不過在替別人做事而已。」楚留香說：「做這一類的事，還有誰比她更適合？」

「還有一個人。」

「誰？」

「你。」

胡鐵花又在笑了，讓他生氣懊惱悲傷失望的事，他總是很快就會忘記。

「有時候我也很喜歡她的。」他問楚留香：「你知不知道我爲什麼會喜歡她？」

「不知道。」

「因爲她有很多地方都像你。」胡鐵花笑得很愉快：「她有時聰明有時糊塗，有時候騙死人不賠命，有時候也會上別人的當，她認得的人比誰都多，管的閒事也比誰都多，有些時候我差一點就會把你當作了她，把她當作了你。」

楚留香的手，差一點就要到鼻子上去了——不是他自己的鼻子，是胡鐵花的鼻子。

停。

幸好還差一點，所以胡鐵花的鼻子依舊安然無恙，鼻子既然沒有被打斷，所以嘴也沒有

「可是她的脾氣也跟你一樣，就像茅坑裡的石頭一樣又臭又硬，她怎麼肯替別人去做事？」

「因爲她不想讓一個混蛋把一位公主送去嫁給一隻猩猩。」

胡鐵花又笑不出了，盯著楚留香看了很久，才用一種很慎重的口氣問：「別人怎麼想我都不在乎，我只問你，你贊不贊成這門親事？」

楚留香也說得很慎重：「我只能告訴你，我一向都不贊成殺人的，可是這一次他們如果能殺了那個猩猩，我說不定真會去吻他們的腳。」

胡鐵花又盯著他看了半天，忽然跳了起來，濕淋淋地從水裡跳了出來。

「我們走。」

「走？」楚留香問：「走到哪裡去？」

「去找那位公主的老子，我的那位朋友。」

「我爲什麼要去？」

「因爲你要保護我，把我活生生地送到那裡去，不要讓我死在半路上。」胡鐵花說：「因爲我想讓他自己跟你談談，談過了之後，你的想法也許就會改變了。」

「如果我不想跟他去談呢？」

胡鐵花瞪大了眼睛，大聲道：「我問你，你要到那個見鬼的大沙漠裡去的時候，是誰陪你去的？每次你被別人圍攻的時候，有誰站在你這一邊？每次你半夜睡不著的時候，是誰在陪你喝酒喝到天亮？」

楚留香嘆了口氣：「好，走就走，只不過我也有條件。」

「什麼條件？」

「我一定會送你去，可是在路上卻要分開來走，不管在任何情況，你都不能揭穿我的身分。」楚留香板著臉：「如果你不答應，我就不去。如果你答應了之後卻沒有做到，你就會發現我已經忽然失蹤了。」

四 胭脂・宮粉・刨花油

小鎮，長街。

春天的太陽就像是小姑娘的臉一樣，終於羞答答地從雲層中露出來了，暖洋洋地照在這條很熱鬧的長街上。大姐姐小弟弟少奶奶老太太都脫下了棉襖，穿上了有紅有綠的春天衣裳，在街上蹓躂著曬太陽，讓別人看他們的新衣裳。

用三根雞毛兩個銅錢做成的毽子滿街跳躍，各式各樣五顏六色的風箏飛滿在藍天上，連老太爺的嘴裡，都偷偷地含著一顆桂花糖。

漫長寒冷的冬天終於過去了，大家都準備好好地享受一下春天的歡樂。

胡鐵花又變得很開心了，指著街邊一家代賣蟹粉湯包生煎饅頭和各色茶食點心的小茶館說：「我們到那裡去坐坐好不好？」

「好。」楚留香立刻同意：「你去吧。」

「你呢？」

「我要先到對面那家舖子去一趟。」

對面有家門面很窄的小店鋪，門口掛著的一塊白木板上寫著：「崔大娘老店，專賣上好胭脂、宮粉、針線、刨花油。女客絞臉、梳頭、穿耳孔，一律只收二十文。」

胡鐵花看到楚留香真的走進這家舖子去，實在有點吃驚。

「這個老小子又在玩什麼花樣？」

更奇怪的是，楚留香非但走進了這家舖子，而且還走到後面一個掛著棉布簾的門裡去了，一進去就沒有再出來。

胡鐵花吃了兩籠湯包，二十個生煎饅頭，又就著一碟麻糖喝了兩壺茶，還沒有看到楚留香出來。

可是裡面卻有個慈眉善目滿臉和氣的白鬍子小老頭，拄著根長拐杖走了出來，而且一直走到胡鐵花面前，而且還老實不客氣地在他旁邊一張凳子上坐下，而且還叫了一大碗火腿乾絲、二十個蟹殼黃小燒餅、兩碟酥炸小麻花，吃得不亦樂乎。

胡鐵花看呆了。

幸好他還不是個真的呆子，還能看得出這個小老頭就是楚留香。

「你這個老王八蛋，爲什麼要把自己弄得像這種鬼樣子？」

楚留香根本不理他，吃完了就站起來，抹了抹嘴就走。

胡鐵花也趕緊站起來，準備跟他一起走了，忽然發現一個伙計提著大茶壺站在他面前，皮笑肉不笑地用一雙斜眼看著他，打著一口揚州官話說：「老太爺，在我們這塊吃東西的客人，都是付過帳才走的，老太爺，你說對不對？」

當然對，吃東西當然要付帳。

付帳是要用銀子付的，沒有銀子用銅錢也行，不幸我們這位胡老太爺一向沒有帶這種東西的習慣。

不付帳就走當然也可以，就真有十個這樣的夥計也攔不住他。

只可惜我們的這位老太爺臉皮還沒有這麼厚。

所以他只好又坐下去，只要不走，就用不著付帳了。在這種茶館裡，客人愛坐多久就坐多久，從一清早坐到天黑打烊都行。

那個夥計拿他沒法子，可是不管走到哪裡，那雙斜眼都在盯著他。

胡鐵花正在發愁，忽然看見有個一定會幫他付帳的人來了。

一個身材瘦瘦弱弱，長得標標緻緻的小姑娘，穿著一身用碎花棉布做的小袷襖，一張清水瓜子臉上不施脂粉，一對黑白分明的剪水雙瞳裡，彷彿帶著種說不出的幽怨之意，看起來真是楚楚動人。

茶館裡的人眼睛都看得發了直，心裡都看得有點癢癢的。

誰知道這麼樣一朵鮮花竟插到牛糞上去了。

她來找的不是別人，卻是剛才那個吃過東西不付帳就想溜之大吉的小賴皮。

胡鐵花當然明白這些人心裡在想什麼，因爲上一次他也是這麼樣上當的。一直等到她用刀尖逼住他咽喉的時候，他才知道這個又柔弱又文靜的小姑娘其實比誰都狠毒。

小姑娘已經在他旁邊坐下來，癡癡地看著他，眼裡充滿了幽怨和哀求，用別人聽不到的聲音對他說：「我替你付帳，你跟我走。」

她說的話和她的表情完全是兩回事，胡鐵花忍不住笑了。

「我不跟你走，你也一樣要替我付帳的。」他的聲音也很低，他的腳已經在桌子下面踩住了她的腳：「這一次好像輪到你要聽我的話了。」

小姑娘又癡癡地看了他半天，眼淚忽然像一大串斷了線的珍珠般，一大顆一大顆的掉了出來。

「求求你，跟我回去吧！婆婆和孩子都病得那麼重，你就不能回去看看他們麼？你知不知道我找你找得有多苦？」

這一次她說話的聲音雖然還是很低，卻已經足夠讓附近每個人都聽得很清楚。

這句話還沒有說完，已經有幾十雙眼睛往胡鐵花臉上盯了過來，每一雙眼睛裡都充滿了輕視、厭惡與憤怒。

胡鐵花忽然發現自己好像已經變成了一隻又肥又大又髒又臭的過街老鼠。如果還不趕快走，恐怕就要被人打扁了。

一錠足夠讓他付帳的銀子已經往桌子下面塞到他手裡。

長街上已經有一輛馬車馳過來，停在這家茶館的大門外。

胡鐵花只有乖乖地跟她走了。

另外三位小姑娘已經在車廂裡等著，胡鐵花反而豁出去了，大馬金刀往她們中間一坐，順手就把剛才那個小姑娘的腰一把摟住。

「想不到你原來是我的老婆。」胡鐵花笑嘻嘻地說：「親愛的好老婆，你究竟想把我帶到哪裡去？」

四個小姑娘都沉下了臉，冷冷地看著他。

胡鐵花也不在乎了。

他的氣力已恢復，就憑他一個人，已經足夠對付這四個黃毛丫頭了。

何況楚留香一定不會走遠的，如果說他現在就坐在這輛馬車的車頂上，胡鐵花也不會覺得奇怪，更不會不相信。他對楚留香一向有信心。

「其實不管你要把我帶到哪裡都沒關係。」胡鐵花說得像真的一樣：「反正你已經是我的老婆，總不會謀殺親夫的。」

小鎮本來就臨江不遠，車馬停下時，已經到了江岸邊。

春草初生，野渡無人，江面上煙波盪漾，風帆點點，遠處彷彿還有村姑在唱著山歌。

江南的三月，春意已經很濃了。

胡鐵花迎著春風伸了個大懶腰，喃喃地說：「不知道從哪裡才能弄點酒來喝喝，就算酒裡有迷藥，我也照樣會喝下去。」

四個小姑娘鐵青著臉，瞪著他，

「上次我們是用迷藥把你逮到的，你落在我們手裡，心裡一定不服氣。」

「在你那個狗窩裡，那個又奸又鬼的楚留香趁我們不注意，占了我們一點便宜，你心裡一定認爲我們全是好欺負的人。」

「所以這一次我們就要憑真功夫跟你動手了，要你輸得口服心服。」

「我們只問你，這一次你若敗在我們手裡，你準備怎麼辦？」

四個小姑娘都能說會道，胡鐵花卻聽得連嘴巴都快要氣歪了。

「如果你們一定要憑真功夫跟我動手，我也只好奉陪。」胡鐵花笑道，「如果我輸了，隨便你們要怎麼辦就怎麼辦，我絕對沒有第二句話說。」

無論誰都不能不承認，胡鐵花絕對可以算是江湖中一等一的高手，他自己所獨創的「蝴蝶穿花七十二式」，更是江湖中難得見到的絕技。

他當然不會敗在這四個黃毛丫頭手裡，所以他笑得愉快極了。

這四位小姑娘卻好像覺得他還不夠愉快，居然又做出件讓他更愉快地事。

她們忽然把自己身上大部分衣裳都脫了下來，露出了她們修長結實而富有彈性的腿，纖細靈活而善於扭動的腰。

她們的臉上雖然不施脂粉，身上卻好像抹了一層可以使皮膚保持柔潤的油。在陽光下看，她們的皮膚就像是用長絲織成的緞子一樣細緻光滑。

這時候她們已將兵刃亮了出來。她們用的是一把刀、一把劍、一雙判官筆和一對分水峨嵋刺，雖然也全都是用精鋼打造的利器，卻比一般人用的兵刃小了一半，看起來簡直就像是小孩子玩的玩具一樣。

胡鐵花覺得好玩極了，甚至已經在暗中盼望，只盼望楚留香不要來得太快。

大眼睛的小姑娘好像已看出了他的心裡在想什麼，忽然冷冷道：「如果你覺得這是件很好玩的事，那麼我保證你很快就會覺得不好玩了。」

她說的居然是真話，胡鐵花果然很快就覺得不好玩了，而且很不好玩。

她們用的兵器雖然又小又短，可是一寸短、一寸險，著著搶攻，著著都是險招，又快又準又狠。

她們的腰和腿都很靈活，轉移扭動時，就好像水中的魚。

這四個小姑娘現在穿的也只不過比魚多一點，很多不應該讓人看到的地方都被人看到了，魚是不穿衣服的。

尤其是在扭動翻躍踢蹴的時候。

這種情況通常都會使男人的心跳加快，呼吸變急，很難再保持冷靜。如果這個男人舒舒服服地坐在旁邊看，必然會看得很愉快。

可是對一個隨時都可能被一刀割斷脖子，一劍刺穿心臟的男人來說，這種影響就非常可怕了。

尤其是胡鐵花這種男人。

他也知道這種情況會對他產生多麼不良的影響，可惜他就算不想去看都不行。

他一定要看著她們，對她們每一個動作都要看得很仔細，否則他的咽喉上很可能立刻會多一個洞。

她們手裡拿著的並不是玩具，而是致命的武器。

這麼樣看下去，一定會讓人看得受不了的，說不定會把人活活看死。

胡鐵花又開始在盼望了，盼望楚留香快點來。

如果是楚留香在跟她們交手，如果他能站在旁邊看，那就妙極了，就算要他看三天三夜，他也不會看厭的。

只可惜他左等右等，楚留香還是蹤影不見。

「你不必等了。」大眼睛的小女孩說：「那個忽然變成了老頭子的楚留香不會來的。」

「什麼老頭子？」胡鐵花居然也會裝糊塗：「哪個老頭子？」

「你以爲我們不知道？」

腰最細腿最長，讓人看得最要命的一個女孩子冷笑著說：「我們正好親眼看見他走進崔大娘的店裡去，又正好親眼看見那個老頭走出來，跟你坐在一起吃包子。」她說：「難道你還以爲我們看不出他就是楚留香？難道你以爲我們都是豬？」

胡鐵花希望她們說話，說得愈多愈好，無論誰在說話的時候，動作都會慢下來的。

所以他又問：「你們怎麼知道那個老頭子不會來？」

「因爲我們早就準備好幾個人去對付他了，如果現在他還沒有死，運氣已經很不錯。」

「你們要他死？」胡鐵花說：「萬一他不是楚留香怎麼辦？」

「那麼就算我們殺錯了人。」最溫柔地那個小姑娘說：「殺錯個把人，也是很平常的事。」

「那實在太平常了，就算殺錯七、八十個人也沒什麼關係。」胡鐵花嘆著氣說：「只不過以後你們想起這種事的時候，晚上也許會睡不著的，那些冤鬼說不定就會去拜訪拜訪你們。」

「你放心，我們晚上一向睡得很好。」

「就算你們睡著了，也說不定會夢見那些冤鬼在脫你們的褲子。」

「放你的屁。」

「放屁？誰在放屁？」胡鐵花說：「如果有人在放屁，那個人絕對不是我，我從來都不會放屁的。」

「不可以，千萬不可以。」

他們忽然聽見一個人說：「一個大男人怎麼可以騙小姑娘？你明明比誰都會放屁，怎麼能說不會？你不會誰會？天下難道還有比你更會放屁的人？」

胡鐵花笑了，大笑。

「我就知道你不會死的，我這一輩子都沒有見過運氣比你更好的人，你怎麼會死！」

江岸旁有塊石頭，楚留香就站在這塊石頭上，手裡還托著一疊帽子，最少也有六七頂。

剛才這塊石頭上明明還沒有人的，忽然間他就已出現在這塊石頭上。

四個小姑娘的臉色都變了，忽然出手搶攻幾招，然後就同時飛躍而起。

「快抓住一個。」楚留香大聲說：「只要抓住一個就好。」

可惜胡鐵花連一個都抓不住。

他本來已經抓住了腿最長的那一個，抓住了她的小腿，可惜一下子又被她從手裡滑走。

這些小姑娘簡直比魚還滑溜。

水花四濺，水波流動，四個小姑娘都已躍入了江水。江水悠悠，連她們的影子都看不見了。

胡鐵花只好看自己的手，他一手都是油。

「這麼漂亮的小姑娘，爲什麼要把自己弄得像油雞一樣？爲什麼要把自己全身上下都抹上一層油？」胡鐵花嘆著氣：「如果我將來娶了老婆，只要她身上有一點油，我就用大板子打她的屁股。」

「的確有個人該打屁股。」楚留香說：「唯一應該被打屁股的這個人就是你。」

「對，我應該打屁股，我連一個都沒有抓住。」胡鐵花生氣了：「可是你呢？你是幹什麼的？你又不是沒有手，你自己為什麼不來抓？」

楚留香嘆了口氣：「你為什麼不能用點腦筋想想，像我這麼有身分的人，怎麼能去抓女人的腿？」

胡鐵花像隻大公雞一樣瞪著他，瞪著他看了半天，忽然笑了，笑得連腰都直不起來。

「你還有件事更該打屁股。」楚留香說。

「什麼事？」

「剛才你騙她們跟你說話的時候，你就有好幾次機會可以把她們制住，最少也可以制住其中兩個。」楚留香問：「她們的招式間明明已經有了破綻，你卻像瞎子一樣看不見。」

「我怎麼會看不見？」胡鐵花說：「只不過我雖然不像你這麼有身分，多少也有一點身分，怎麼能往一個光溜溜的大姑娘那種地方出手！」

他本來一直在笑的，忽然間就不笑了，又變成像是隻大公雞一樣瞪著楚留香。

「你怎麼知道那時候我有機會出手的？難道那時候你就已經來了？」

「如果我沒有來，我怎麼會看見？」楚留香悠然道：「如果我沒有看見，我怎麼會知道？」

胡鐵花瞪著他，就好像一隻大公雞瞪著一條蜈蚣一樣，而且還在不停地冷笑。

「好，好，好，好極了！原來你早就來了，早就躲在一邊偷偷地看著。」胡鐵花搖頭、嘆息、生氣：「你的好朋友隨時都可能被人一刀割斷脖子，你卻躲在那裡偷看女人的大腿，你慚愧不慚愧？」

「我慚愧，我本來實在非常慚愧。」楚留香說：「可是我忽然想到如果你是我，恐怕現在還在看，還沒有出來。」

他很愉快地說：「一想到這一點，我就連一點慚愧的意思都沒有了。」

胡鐵花又在嘆氣了：「你怎麼這麼了解我？難道你是我肚子裡的蛔蟲？」

車馬早就走了，帶著她們脫下來的衣服走了。

這四個小姑娘是什麼來歷？是誰指使她們來的？看她們的身手和機智，一定從小就受到極嚴格的專門訓練，訓練她們來做這一類的事，能夠把這些十五、六歲的小姑娘訓練得如此出色的人，當然也是個極厲害的角色。

在她們的幕後，無疑還有個實力極龐大的組織在支持她們、指揮她們。

在這種情況下，她們如果找上了一個人，是絕不會就此罷手的。

胡鐵花嘆了口氣：「老實說，我自己也覺得我實在應該打屁股，居然會讓她們全都溜了。」他問楚留香：「可是你呢？你爲什麼不把剛才對付你的那些人抓住一、兩個？卻把他們的帽子帶了回來，難道你能從這幾頂帽子上看出他們的來歷？」

「我根本用不著盤問他們的來歷。」

「爲什麼？」

「因爲我本來就認得他們。」楚留香說：「他們都是鐵劍先生在上一次清理門戶時被逐出的弟子，在江湖中流落了幾年，志氣漸漸消磨，漸漸變得什麼事都肯做了。這次他們只不過是被那四位小姑娘花了一萬兩銀子僱來對付一個白鬍子老頭的，而且剛剛才把這筆生意接下，根本也不知道他們的僱主是誰。」

「他們知不知道這個白鬍子老頭是楚香帥？」

「大概也不會知道，否則他們恐怕就不會接這筆生意了。」

「就在你走出崔大娘的老店，坐下來吃東西的時候，她們就能找到人來對付你！」胡鐵花嘆息：「這四個小丫頭的本事倒真不小。」

「也許她們自己並沒有這麼大的本事，可是這附近一帶一定有她們的人。」楚留香說：「這些人的神通一定都不小，所以她們無論要幹什麼都方便得很。」

他拍了拍胡鐵花的肩：「所以我們還是應該分開來走，而且我還要先走一步。」

「爲什麼？」

「因爲這個白鬍子老頭已經被認出來了，已經沒法子再混下去。」

「所以你又要去找那位崔大娘？」胡鐵花說：「難道她也是位精於易容的高手，我怎麼從來都沒有聽說過？」

「你沒有聽說過的事本來就多得很。」

「這次你準備要她把你變成什麼樣子？」

「我不能告訴你。」楚留香說：「也許還是個小老頭，也許是個大腹賈，也許是條山東大漢，也許是個文弱書生，總之是個你從未見過的人，甚至連我自己都沒有見過，只不過我一定會在你附近的。」

他又說：「我這麼做，都是爲了你的安全，如果連你都不知道那個人是我，別人當然更看不出來了，這樣子我才好保護你。」他嘆了口氣：「我對你實在比你對你的媽還要好得多。」

胡鐵花一直在摸鼻子。

他摸鼻子的動作和神態，和楚留香簡直完全是一個樣子。

只不過楚留香摸鼻子的時候通常都不會笑的，他卻忽然笑了，又笑得彎下了腰。

「你笑什麼？」

「我忽然想到了一件非常好笑的事。」胡鐵花說：「我忽然想到你如果要扮成一個大姑娘，說不定有很多男人都會看上你的，如果其中有個採花大盗，那就更好玩了。」

五 富貴客棧

天黑了，富貴客棧裡燈火通明，照得客棧裡每個角落都亮如白晝。

他們不在乎這一點燈油蠟燭錢。

這家客棧的名字取得絕不是沒有道理的，他們的價錢愈來愈貴，他們的老闆當然就愈來愈富了，所以才叫做富貴客棧。

這麼樣一家客棧怎麼會在乎這麼樣一點小錢？

富貴客棧裡最好的一間房就是「富」字號房，這天晚上胡鐵花就住在這間房裡。

他的氣派一向都大得很，有誰會想到這位大爺身上連一個銅錢都沒有。

這一類的事連胡大爺自己都常常會忘記，別人怎麼會想得到？

先把好酒好菜都叫進房裡來，擺滿了一桌子，一個人喝酒雖然無趣，他還是喝了不少。

——楚留香這小子現在不知道已經變成什麼樣子了？這小子難道真的以為我會認不出他來？就算他燒成灰，我也認得出的。

房裡有一面磨得很好的銅鏡，胡鐵花對著鏡子笑了。

爲了表示他對自己的佩服，他又敬了自己一大杯。

就在這時候，他忽然嗅到了一股藥香。

胡鐵花的酒量也是連他自己都非常佩服的。

現在他雖然已經有點酒意，距離喝醉卻還差得很遠。

他的鼻子也不像楚留香的鼻子，他的鼻子一向靈得很，如果他有個朋友在五里之外喝酒，他立刻就能嗅到。

只可惜藥香根本就不香。

那是個很奇怪的味道，是好幾種很特別的藥草混合成的味道。

這幾種藥草都是治療外傷的，如果一個人要把這些藥草都配在一起，配成一帖藥來治傷，那麼這個人受的傷一定不輕。

煎藥的地方好像就在隔壁一間房裡。

如果一個人受了重傷之後還要把藥罐子帶回自己房裡去煎，那麼這個人一定有不少很可怕的對頭，而且可能連一個朋友都沒有。

受了重傷已經是件很可憐的事了，沒有朋友更可憐。

胡鐵花忽然覺得很同情這個人，很想過去陪陪他，陪他喝喝酒聊聊天，如果他的對頭來了，說不定還會幫他抵擋一陣。

幸好胡大爺的酒還沒有喝到這麼衝動的時候，還沒有忘記現在是絕不能再惹上任何麻煩的。

不幸的是，就在這時候他忽然聽到隔壁房裡傳來「啵」的一聲響，好像有個藥罐子被打破了。

藥香更濃烈。

胡鐵花居然還沒有衝動，居然還能忍耐住，沒有衝過去。

他也不必再衝過去了。

因為隔壁的那間房已經先衝了過來，不是房裡的人衝了過來，而是整個一間房都衝了過來。「轟」的一聲大震，兩間房中間的牆已經被衝破了一個很大很大的洞，一個人忽然從洞裡飛進，兩間房，忽然就變成了一間。

胡鐵花第一眼看見的就是一根竹竿。

一根黑色的竹竿。

這根黑色的竹竿被一個人用一隻青筋凸起的大手緊緊握住，這個人卻已經不能算是一個人了，最多只能算半個。

他的右臂早已被齊肩斬斷，右眼已經瞎了，眼上還留著「十」字形的傷疤。

現在他的左腿也斷了，是從膝蓋上面被砍斷的，而且好像是被他自己砍斷的。

因為被砍下來的那半截腿，此刻還在，他倚著牆坐在床上，這半截腿就在他身旁，黝黑枯瘦而且特別長的大半截腿，已因傷勢化膿而腐爛。

他左肩上的傷勢也同樣惡劣，傷口裡已隱隱發出惡臭，刺傷他的那個人用的也不知是兵刃還是暗器，不但出手毒辣，而且一定有毒。

想不到他還是硬撐了下來，而且一直撐到現在，寧願再把自己一條腿砍斷，還要繼續撐下去。

這個人雖然已經只剩半個人了，卻還是一條硬漢。

現在他又已被四個人用六件武器圍住。四個冷靜而殘酷的人，六件在一瞬間就可以奪人性命的武器，一個人用蛇鞭、一個人用長劍、一個人用一雙薄薄的雁翎刀、一個人用一對分水峨嵋刺。

在如此危急的情況下，他還是很硬，還是緊緊地握住他的黑竹竿，昂然連一點害怕的樣子都沒有。

剛才來的本來有五個人，第五個人本來是第一個擁上去的，卻被他用他手裡的那根黑竹竿頂了回來，一下子撞在牆上。

「富貴」和「堅強」本來就是完全不同的兩回事，所以富貴客棧的這道牆一下子就被他撞破了一個大洞。

胡鐵花並沒有想到這個人就是黑竹竿，也沒有去想黑竹竿是個怎麼樣的人。

他用眼睛的時候通常都要比用腦筋的時候多一點。

他只看見了這個已經只剩下半個人的人還是這麼樣一條硬漢。

他平生最喜歡的就是這種硬漢。

所以他忍耐不住了，順手就把一個酒罈子摔了出去。

「你們四個人對付人家半個人。」胡鐵花大吼：「你們要不要臉？」

一個酒罈子摔出去，六件兵刃中就已經有五件往他身上攻了過來，攻的都是他的要害。

「你問我們要不要臉？你要不要命？」

分水峨嵋刺雖然是在水中才能發揮最大威力的武器，不在水中也一樣犀利。

蛇鞭如毒蛇，雁翎刀翻飛如雁。

這些人的武功竟遠比胡鐵花預料中強得多，胡鐵花也不一定會敗在他們手裡，可是他已經在叫了。

「姓楚的，你說你一定會在我附近的，你在哪裡？」

「姓楚的？是不是楚留香？」蛇鞭冷笑：「你是不是想用楚留香來嚇人？」

「我嚇什麼人？」胡鐵花也在冷笑：「你們根本連一個像人的都沒有，我嚇你們個鬼。」

還沒有說完這句話，他自己幾乎就已經變成了鬼，蛇鞭差一點就纏住了他的脖子，旁邊的一把雁翎刀差一點就割斷了他的咽喉。

只差那麼一點點。

這個世界上有很多事都是連一點都不能差的，就算只差一點點都不行。

所以胡鐵花還活著，不但活著，而且活得非常愉快。

因爲他已經看見楚留香了。

沒有車，沒有馬，連轎子、驢子、騾子都沒有，胡鐵花只有走路。

從那邊江岸走到這家客棧，他看見了很多人，其中當然有幾個比較特別的。

一個滿面紅光的老公公、一個肚子並不太大的大腹賈、一條滿臉落腮鬍子的大漢、一位文質彬彬的文弱書生。

這四個人恰巧和楚留香自己說的那四種形象一樣，所以胡鐵花早就在注意他們了。

雖然他也看不出這四個人裡面哪一個是楚留香，可是其中最少有一個人是的。

現在他果然看到了一個。

一個斯斯文文秀秀氣氣的白面書生，手裡輕輕地搖著一把摺扇，忽然間就已出現在門外。

胡鐵花笑了，很愉快地笑了。

「我就知道這一次你一定會來得比較快，因爲這四個人絕對沒有上一次那四個小姑娘那麼好看。」

白面書生也帶著微笑，輕搖著摺扇，施施然從門外走進來。

他的這把摺扇無疑就是他的武器。

不管是什麼樣子的東西，只要到了楚留香手裡就是武器，致命的武器。

胡鐵花看得出他立刻就要出手了，只要他一出手，這四個人之中最少也要有兩個會倒下去，何況黑竹竿還在硬撐著，一直盯著他的那個人也一直緊握著掌中長劍，絲毫不敢有一點大意。

所以胡鐵花笑得更愉快！

「其實你就算不來，我也一樣可以把這四個龜孫全都擺平，可是你既然來了，我最少也得留一、兩個給你。」胡鐵花很大方地說：「隨便你挑一、兩個吧，剩下來的全歸我。」

「你真客氣，我真要謝謝你。」

白面書生也笑得很愉快，甚至比胡鐵花更愉快，因爲他手裡的摺扇已風車般旋轉飛出，刀輪般向胡鐵花輾了過去。

胡鐵花剛閃開這個刀輪，已經有六件武器逼到了他身上六處要害的方寸間。

這六件武器中最可怕的既不是蛇鞭，也不是峨嵋刺和雁翎刀，而是一根手指。

就在摺扇離手的這一瞬間，白面書生就已經到了胡鐵花面前，用左手的一根食指對準了胡鐵花腦門上的天靈穴。

胡鐵花動都不能動了。

雖然對方的人比他多，而且都是一流高手，他本來也不會這麼容易就被人制住的。

可惜他做夢也想不到這個楚留香居然不是楚留香。

「我姓白，就是白面書生的那個白，也就是白雪、白雲、白玉的那個白。我的名字就叫做白雲生。」這位斯斯文文的書生說：「閣下若是把我當作了別人，就是閣下的錯了。」

胡鐵花忽然大聲說：「我實在不應該把你當作那個人的，那個人簡直不是人，根本就不是人，是個縮頭烏龜，一直躲到現在還不出來。」

他在這裡一罵，外面果然就有人答腔了。

一個人坐在窗戶對面的屋脊上，用一種故意裝出來的聲音說：「胡鐵花，你急什麼？我保證他們絕不會動你一根寒毛的，你若死了，還有誰肯把那位公主護送到史天王那裡去？」

白面書生皺了皺眉，上上下下打量了胡鐵花兩眼，態度更溫和。

「閣下就是胡鐵花胡大俠？」

「大概是的。」

白面書生微笑：「那麼這件事大概是個誤會了，實在抱歉得很。」

他說話的時候，身子已經在往後退，一直旋轉不息的摺扇，直到此時才慢下來，他伸手一招，這柄摺扇就到了他的手裡。

「看在胡大俠面上，我們今天絕不動這裡任何人一根毫髮。」白面書生微笑鞠躬：「今天我們就此告辭了，他日後會有期。」

然後他這個人就倒退著輕飄飄地飛起來，轉瞬間就已沒入夜色中。

另外四個人的身法也極快，身形一閃間，也已全都退走，連剛才一頭撞入胡鐵花房裡的那個人都一起走了。

再看對面屋上的那個人，也已經站在外面的院子裡，身材高高地，用青布包著頭，居然是個長得好像還不錯的大姑娘。

胡鐵花走到門口，瞪大了眼睛，吃驚地看著她，摸著鼻子苦笑道：「楚留香，這一次我真的是佩服你了，想不到你居然真的扮成了個大姑娘。」

這句話還沒有說完，他臉上已經挨了一耳光。

好大的一個大耳光。

胡鐵花被打得怔住了，怔了半天才看清楚這位大姑娘，立刻叫了起來：「我的媽呀！你是花姑媽。」

花姑媽用兩隻手插著腰，雖然故意裝出一副很兇很生氣的樣子，眼中卻已帶著笑：「你這個小王八蛋，居然直到現在才認出我是你的媽，你說你該不該打？」

「我的媽呀，你怎麼瘦了這麼多？」胡鐵花還在叫：「你身上那些肥肉到哪裡去了？」

「有了這麼樣一個寶貝兒子，你的媽怎麼會不變？」花姑媽用一雙笑瞇瞇的媚眼瞅著他，卻故意嘆著氣說：「你爲什麼從來都不知道對你的媽好一點！」

胡鐵花的樣子看來就好像馬上就要暈過去了。

他沒有暈過去，真正暈過去的是剛才已將力氣用竭的黑竹竿。

胡鐵花立刻趕過去扶著他躺下，看到他的傷，連胡鐵花臉上都變了顏色：「好傢伙，真是條硬漢，受了這麼重的傷，還能夠撐到現在。」

花姑媽卻又在生氣了：「我看你不管對什麼人都比對你的媽好得多，如果是我受了傷，我看你大概一點也不會心疼。」

「我的媽呀，這種時候你還在吃什麼乾醋？」胡鐵花說：「你能不能先去弄一點治傷的藥來？」

花姑媽盯著他，連動都不動，只不過慢吞吞地伸出一隻手。

傷藥已經在她手裡了，而且是最好的一種。

胡鐵花長長地吐出口氣：「這個女人還是有些可愛的地方，最少總比那個縮頭烏龜可愛一點。」

敷了藥之後，黑竹竿就昏昏沉沉地睡著，胡鐵花剛鬆了一口氣，花姑媽已經在盯著他問。

「你這個小王八蛋，你剛才是不是說我只比烏龜可愛一點？」

胡鐵花趕緊否認：「我不是說你只比烏龜可愛一點，我說的那個烏龜也是一個人。」胡鐵花說：「其實這個人平時也滿可愛的，我實在想不到今天他怎麼會忽然變成了個縮頭烏龜。」

他的確覺得很奇怪，甚至有點擔心。

楚留香應該在附近的，因爲他說過他一定會在胡鐵花的附近。在胡鐵花危急時，他絕不會躲著不敢出來。

他絕不是那種把說話當放屁的人。

奇怪的是，今天他連影子都沒有出現過。

——難道他自己有了危難？也在等著別人去救他？

「我知道你說的是楚留香，每次你快要死的時候，他都會來救你。」花姑媽說：「今天他沒有來，只因爲今天你絕對死不了的。」

「我爲什麼死不了？」胡鐵花大聲說：「只要有那個姓白的一個人，就已經足夠要我的老命了，我怎麼會死不了？」

花姑媽甜甜地問他：「現在你死了沒有？」

胡鐵花怔住。

他還沒有死，還活得好好地，他想不通那些人爲什麼會忽然放過他，而且還變得對他那麼客氣。

「那位白相公的確是個很可怕的人，連我都很怕他，而且怕得要命。」花姑媽說：「以他的武功如果要殺人，簡直比刀切豆腐還容易，可是他絕不會殺你。」

「爲什麼？」

「因爲你是胡鐵花，因爲他也知道要把玉劍公主送去給史天王做老婆的人就是你這位胡大俠。」花姑媽的聲音已經不甜了：「像你這麼好的人，他怎麼捨得殺你？他恰巧又是史天王的乾兒子。」

胡鐵花不說話了，一直在昏睡中的黑竹竿卻忽然呻吟著低語：「把我的腿拿給我，現在就拿給我。」

這就是黑竹竿清醒後說的第一句話，別人聽見這句話，一定以爲他還沒有清醒。

每個人的腿都在自己身上，他爲什麼要別人把他的腿拿給他？

幸好胡鐵花明白他的意思，立刻就把被他自己砍下來的那半條腿拿過來。

腿上有腳，腳上有靴子。

黑竹竿掙扎著，用他唯一剩下來的一隻手，從靴筒裡掏出張銀票。

一張十萬兩的銀票，南七北六十三省都可以通用的「大通」銀票。

「這是你付給我的，現在我還給你。」黑竹竿對花姑媽說：「雖然這是我第一次退錢給別人，可是我也知道既然收了人家的錢就不該退，要退就得付點利息。」

花姑媽很喜歡笑，該笑的時候她當然笑，不該笑的時候她也會笑。

因爲她知道大多數男人都覺得她笑起來的樣子很能讓人著迷。

可是現在她笑不出了。

「我低估了史天王，所以才會收你的錢，這是我的錯，我應該付利息給你，如果你認爲我所付的還不夠，不妨把我這條命也拿去。」黑竹竿說：「因爲我沒有錢付給你，你也應該知道，像我這樣的人常常都會把錢莫名其妙的花出去。」

「你知不知道你賺的是賣命的錢？」

「我知道。」黑竹竿冷冷地說：「就因爲我知道，所以更要花得快些。」

胡鐵花忽然把頭扭了過去，很用力地扭了過去，就好像這個頭已經不是他的頭了。

因爲他不想再看下去。

他知道銀子是可以花的，十萬兩銀子更可以把一個人花得暈頭轉向，連自己的貴姓大名都忘記，他也知道拿出這十萬兩銀子來的人並不是花姑媽。

可是他實在不想看到花姑媽從黑竹竿手上把這張十萬兩的銀票收回去。

他只聽見黑竹竿又在對花姑媽說：「我收你十萬兩，因爲我值十萬兩，如果我不行，別人更不行，除了我之外，別的人根本近不了他的身，黃病夫還沒有踏入大廳就已死在階下，我看見他死的時候，連我自己都不信他會死得那麼快。」

他的聲音早已經帶著種兔死狐悲的哀傷。

「我要你十萬兩，因爲我値十萬兩，如果我不行，別人更不行。」黑竹竿說：「我勸你絕對不要再找人刺殺史天王。」

「你爲什麼要勸我？」

「因爲不管你去找誰都沒有用的，天下絕對沒有人能傷他毫髮。」黑竹竿黯然道：「我親眼看見這次跟我去的人一個個全都慘死，實在不想再讓我的同行死在他手裡。」

胡鐵花心裡忽然也覺得很不好受。

他能夠了解黑竹竿的心情，一個像黑竹竿這樣的硬漢，本來是絕不會說出這種話來的。

但是現在他的血已流得太多，看見別人流的血也太多。

他這一生就好像是無數個噩夢串起來的，這樣的人生是多麼悲傷！

胡鐵花心裡在嘆息，眼睛裡卻忽然發出了光。

因為他忽然看到了一條飛掠的人影，流星般在他眼前飛過，一瞬間就已消逝。

這個人的身形和面貌胡鐵花都看不清，卻已經想出他是誰了。

因為這個人飛掠時的身法、速度，和那種飛揚靈動巧妙瀟灑的姿態，都是沒有第二個人能比得上的。

胡鐵花沒有追上去，因為他也知道這個世界上沒有人能追得上楚留香。

「原來他並不是個縮頭烏龜。」胡鐵花很愉快地嘆著氣說：「在外面看著我喝酒，自己卻沒有酒喝，這種事他怎麼受得了，不趕快去找點酒喝怎麼行？」

他喃喃地說：「只可惜今天我不能陪你喝了，只希望你能遇到個漂亮的女人陪你。」

他卻不知道楚留香今天晚上不但已經遇到了一個漂亮的女人，而且遇到的還不止一個。

富貴客棧是家很大的客棧，除了正樓的上房外，後面還有很多個跨院。每個跨院裡都有好幾間房，是特地為一些攜家帶幼的客商官眷們準備的，偶爾也會有一些成群結黨的武師鏢客來投宿。

今天晚上就有一大票已經卸了貨交了鏢的鏢師把最後面兩個跨院都包下了，擔了一路的風險之後，他們當然要輕鬆輕鬆。

他們這種人是從來也不怕你價錢要得貴的，在江湖人的眼中看來，錢財本來就是身外物，誰也沒想要把一文錢帶進棺材去。

楚留香跟在胡鐵花後面到這裡來的時候，這兩個跨院裡已經熱鬧得很。燻雞、烤鴨、燒鵝一隻隻往裡面送，打扮得花枝招展的女孩子不時像穿花蝴蝶般走出走進，再加上一陣陣隨風傳來的酒香，已經讓楚留香心裡覺得有點癢癢的，實在很想進去參加一份。

這些鏢師都是常勝鏢局裡的，憑一桿「勝」字鏢旗走遍大江南北，都是很慷慨、很豪爽的男子漢，其中有好幾個都跟楚留香有點交情，如果楚香帥真的會去加入他們，這些人一定開心得要命。

可惜楚留香不能去，就算去了，他們也不會認得出，這個又俗又土的小商人就是楚留香。所以他只有帶著一罈酒，躺在屋脊後，嗅著他們的肉香，聽著那些小姑娘彈詞唱曲，雖然感到很不是滋味，卻也聊勝於無。

胡鐵花來的時候已經很晚了，他開始在房裡喝酒的時候，楚留香也在喝，躺在屋頂上喝，屋脊的陰影恰好把他擋住。

所以他可以看到一個穿著緊身黑衣的人從外面飛掠而來，這個人卻沒有看見他。

這個人的身材很瘦小，穿著一身樣子非常奇怪的夜行衣，連頭帶臉都用黑巾包住，只露出了一雙貓一般的大眼睛在夜色中閃閃發光。

他的輕功也極高，身法姿態卻非常奇特，有時居然會用手幫助他的腳來增加速度，看來就像是條貓一樣，也有四條腿。

但是他行動時不但速度極快，而且絕沒有發出一點聲音，使人非但不會覺得他的姿態可笑，反而會覺得說不出的詭秘可怖。

楚留香無疑也有這種感覺。

因爲他已經看出了這個人是個「忍者」，來自東瀛扶桑國伊賀山谷中的忍者，他所施展的身法，正是忍術中的一種「貓遁」。

他們都是見不得天日的人，從年紀極幼小時就開始接受極嚴格艱苦的訓練，過的也是一種極不人道的團體生活！既不能有家，也不能有妻子兒女，因爲忍者的生命本來就不是屬於自己的，只要生爲忍者，一生的命運就已被注定。

等到他們長成時，他們就要開始接受別人的命令，把自己完全出賣給別人，無論多艱苦危險的任務都不能不接受。

他們的任務通常只有三種：偷竊、刺探和謀殺。

——一個東瀛的忍者，爲什麼會到江南來？這一次他的任務是什麼？

六　樑上君子

貓一般的忍者也是到這家客棧來的，好像就住在最左邊的一個跨院裡，因爲他對這個跨院的安全顯得十分關心。

他已經把這個院子前後、左右、四面都查看了一遍，而且看得非常仔細。

跨院裡有三明兩暗五間房，只有一間房裡沒有點燈，這間房的窗子正好對著客棧的邊門。窗子裡既沒有燈光也沒有人聲。

楚留香決定要賭一賭了，賭他自己是不是看得準，他的運氣很不錯。因爲這位忍者好像忽然聽到了什麼動靜，又繞到院子的另外一邊去。

楚留香的身子也飛掠而出，平平地貼著屋頂飛了出去，從這個屋脊的陰影掠入了另一個屋脊的陰影，再輕輕一翻身，就已到了那個沒有燈的窗口。

窗子是從裡面拴起來的。

楚留香只用一彈指間的功夫，就把這扇窗戶打開了。

又一彈指間，窗戶已經又從裡面拴好，他的人已經到了這間房的橫樑上。

就在這時候，剛被他拴好的那扇窗戶忽然又被人打開，一個人貓一樣竄了進來。

楚留香對自己覺得很滿意。

這間房果然是這個神秘忍者的宿處，他沒有看錯，而且現在已經完全準備好了，他的身體已完全進入一種假死的狀態，只靠皮膚上毛孔的呼吸來保持機能的活力和腦袋的清醒，仍然在一瞬間就可以發揮出最大能力。

要成爲一個忍者並不容易，成爲一個忍者後要活下去更不容易。

在忍者的生命中，隨時都可能遇到致命的危機，所以他們的感覺和反應都必須特別靈敏。

但是楚留香相信，無論在任何情況下，都絕對沒有任何人會發現他的。

只可惜這個世界上還是經常會發生一些他完全預料不到的事。

富貴客棧裡每間房的設備都很好，尤其是這種特別爲官家眷屬們準備的私室，除了器用更精美外，還有個特別大的穿衣銅鏡，房裡最少有一半地方可以從鏡子裡看到。

楚留香躍上橫樑時，已經發現了這一點，所以他躺下去的時候，已經選了個最好的角度，剛好能讓他看到這面鏡子。

所以現在他才會看到這件讓他十足大吃了一驚的事。

這個神秘的忍者居然是個女人。

燈已燃起。

她站到鏡子前面，扯下了蒙面的頭巾，一頭光滑柔軟的黑髮立刻就輕輕地滑了下來，鏡子裡立刻就出現了一張輪廓極柔美的臉，帶著極動人的異國風情。

忍者中並不是沒有女人，但是出來負責行動的卻極少。

在忍者群中，女人生來就是完全沒有地位的，女人唯一的任務就是生育。

他們一向不尊重女人，也不信任女人，就算有一件任務非要女人去做不可，他們也寧願要男人去做，因爲忍術中還有種「女術」，可以使一個男人的男性特徵完全消失，變成一個非常女性化的女人。

這個神秘的忍者究竟是男是女？楚留香還沒有把握能斷定。

可是她已經爲自己證明了這一點。

她已經開始在脫衣服了。

樑上君子通常都不是君子。

楚留香從來都沒有說過自己是君子，可是就算是他的仇敵也不會說他是小人。

他的身子雖然不能動，至少總可以把眼睛閉起來。

他沒有把眼睛閉起來。

因爲他雖然不是君子，也不是僞君子，如果他要做一件事，就一定要做到底。

這個全身上下都帶種東洋風味的人無疑是從扶桑來的。

她爲什麼要潛來江南？是爲什麼而來的？

她究竟是男是女？

她確實是個女人。

她的胸、她的腰、她的腿，都證實了這一點。

因爲她已完全赤裸裸地出現在鏡中，只要不是瞎子就應該可以看得出她絕不是個男人。

就算在女人裡面，有她這種身材的也不多。

扶桑國的女孩子通常都有種先天的缺陷，她們的腿通常都比較粗一點，比較短一點。

她卻是例外。

她的腿又直又長，渾圓結實，線條柔美，連一點瑕疵都沒有。

楚留香差一點就要從樑上掉下來了，卻不是因爲他看到了這雙腿，而是因爲他忽然聽見她用一種特別溫柔地聲音說：「我是不是很好看？你看夠了沒有？」

楚留香實在想不通她怎麼會發現他在看她的。

他當然想不通，因爲她根本沒有發現他在看她。

「我還沒有看夠，我還想再看看，再看得清楚一點，你這樣的女人並不是時常都能看到的。」

這句話也不是楚留香說的，他不會說這種話，說話的人在窗戶外面。

「你要看，爲什麼不進來看？」她的聲音更溫柔：「外面那麼冷，你也不怕著了涼？」

窗子居然沒有關，輕輕一推就開了，燈花閃了閃，這個人已經在窗子裡面了，穿一身銀白色的，用緞子做成的夜行衣，蒼白而英俊的臉上，帶著種又輕佻又傲慢的表情，雙眉斜飛入鬢，眼角高高地挑起，眼中帶著種又邪惡又冷酷的笑意。

「你故意不把窗子拴好，就是爲了要我進來看你？」

她轉過身，面對著他：「像你這樣的美男子，也不是時常都能遇得到的，是不是？」

她赤裸裸地面對著這個人，就好像身上穿著好幾層衣裳一樣，一點都不害羞，一點都不緊張。

楚留香卻已經替她緊張了。

這位扶桑姑娘一定不知道這個男人是誰，也沒有聽說過這一身獨一無二的夜行衣，她畢竟是從異國來的。

楚留香卻認得他，而且對他非常了解。

一個女人用這種態度對付別人，也許是種很有效的戰略，用來對付他就很危險了，比一個小孩子玩火還危險。

銀白色的夜行衣在燈下閃閃發光，夜行人的眼睛也在發光。

「你知道我是誰？」

「我沒有見過你，可是我知道江湖中只有一個人穿這種夜行衣，也只有一個配穿。」

「哦？」

「因爲這個人雖然驕傲，卻的確很有本事，輕功之高，更沒有人能比得上。」她說：「這種夜行衣穿在身上就好像是個箭靶子一樣，就好像生怕別人看不見他，除了銀箭公子外，有誰配穿？」

「你認爲我就是銀箭薛穿心？」

「如果你不是，你就看不到我這麼好看的女人了。」她的笑聲中也充滿了撩人的異國風情：「因爲你不是他，現在最少已經死過七、八十次。」

薛穿心看著她，從每個男人都想去看的地方，看到每個男人都不想去看的地方。

「你叫什麼名字？」

「我叫櫻子。」她說：「你有沒有看過櫻花？在我的家鄉，一到了春天，杜鵑還沒有謝，櫻花就已經開了，開得滿山遍野都變成一片花海，人們就躺在櫻花下，彈著古老的三弦，唱著古老的情歌，喝著又酸又甜的淡米酒，把人世間一切煩惱全都拋在腦後。」

這裡沒有櫻花，也沒有酒，她卻彷彿已經醉了，彷彿已將倒入他的懷抱。

夜色如此溫柔，她全身上下連一個可以藏得住一根針的地方都沒有，當然更不會有什麼武器。

所以無論誰抱住她都安全得很，就好像躺在棺材裡又被埋入地下那麼安全。

曾經抱過她的男人，現在大概都已經很安全地躺在地下了。

可是在一個如此溫柔地春夜裡，有這麼樣一個女人來投懷送抱，這個世界上有幾個男人能拒絕呢？

楚留香知道最少也有兩個人。除了他自己之外，還有一個。

因爲他已經看見這位櫻子姑娘忽然飛了起來，被這位薛公子反手一巴掌打得飛了起來。

他本來一直都在讓她勾引他，用盡一切法子來勾引他，而且對她用的每一種法子都覺得很欣賞、很滿意。

她也感覺到這一點了，他的反應已經很強烈，所以她做夢也想不到他居然會在這種時候一巴掌打在她臉上。

「我對你這麼好，你爲什麼要打我？」

「你爲什麼要乘人家洗澡的時候，把她裝在箱子裡偷走？」薛穿心嘆息道：「這種事本來只有我這種男人才會做得出來，你爲什麼要跟我搶生意？」

「你也是爲了她來的？」櫻子姑娘好像比剛才挨揍的時候還生氣：「我有什麼地方比不上她？」

「只有一點比不上。」

「哪一點？」

的。

「她剛洗過澡，她比你乾淨。」

楚留香已經漸漸明白這是怎麼回事了。

薛穿心是爲了另外一個女人來找她的，這個女人是在洗澡的時候被裝在一口箱子裡偷來的。

這位櫻子姑娘爲什麼要不遠千里從扶桑趕到江南來偷一個洗澡的大姑娘？

楚留香又想不通了。

就因爲想不通，所以覺得更有趣。

——一件事如果能讓楚留香想不通，這種事通常都是非常有趣的。

他實在很想看看這裡是不是真的有這麼樣一口箱子？箱子裡是不是真的有這麼樣一個剛洗過澡的大姑娘？這位姑娘究竟有什麼地方值得別人冒險去偷她？

他同意薛穿心說的話。

把一個正在洗澡的大姑娘裝在箱子裡偷走，這種事的確不是一個女人應該做的，甚至連薛穿心那樣的男人都不會時常去做。

這種事實在不能算是什麼有面子的事，很少有人能做得出來的。

令人想不到的是，一向最有面子的楚香帥居然也做出來了。

他的運氣一向不錯，這一次也不例外。

他很快就看到了這口箱子，箱子裡果然有個剛洗過澡的大姑娘。

他居然也把這口箱子偷走了，連箱子帶大姑娘一起偷走了。

楚留香怎麼會做這種事？箱子裡這位大姑娘究竟有什麼特別的地方？

楚留香本來是看不到這口箱子的，櫻子卻幫了他一個忙。

她忽然改變了一種方法來對付薛穿心。

「你說的不錯，她的確比我乾淨，可是天知道現在她是不是還像以前那麼乾淨。」她撫著耳邊被打腫的臉：「如果你再碰我一下，等你找到她時，她很可能已經變成天下最髒的女人。」

薛穿心冷冷地看著她，她的眼色比他更冷。

「如果你殺了我，我可以保證，你找到的一定是個天下最髒的死女人。」

看到薛穿心臉上的表情，楚留香就知道她的方法用對了。

對薛穿心這種男人，哀求、欺騙、誘惑、反抗都沒有用的，你一定要先抓住他的弱點，把他壓倒。

這個來自扶桑的女人竟彷彿天生就有種能夠了解男人的本能，就好像野獸對獵人的反應一樣，大部分女人窮極一生之力也追求不到。

薛穿心的態度果然改變了：「兩個死女人大概無論對誰都不會有什麼好處的。」他微笑：「我只希望你們兩個都能太太平平、乾乾淨淨的活到八十歲。」

微笑使他的臉看來更有吸引力，櫻子的態度也改變了：「你是不是想要我帶你去找她？」

「是。」

「找到了之後呢？」

薛穿心的微笑忽然變得說不出來的邪惡，忽然摟住了櫻子的腰，在她耳邊輕輕地說：「那時候，我就會要你知道我是個什麼樣的男人了。」

櫻子不是笨蛋，也不是那種一看見美男子就會著迷的小姑娘，就憑這麼樣一句話，她當然不會帶他去的。

只有她才知道箱子在哪裡，這是她唯一可以對付薛穿心的利器。

她當然還需要更可靠的保證，還要提出很多條件來，等他完全答應後才會帶他去。

可是她沒有。

什麼條件都沒有，什麼保證都沒有。聽到這句話，她就像是著了迷一樣，如果胡鐵花在這裡，說不定立刻就會跳下去給她兩耳光，讓她清醒清醒。

幸好楚留香不是胡鐵花。

就在櫻子穿衣服的時候，他已經明白了她的意思，她這麼做，只不過是爲了要把薛穿心騙出去而已。

——她爲什麼要花費這麼多心機把薛穿心騙出去？是不是因爲她不願意讓他再留在這間房裡？

她走出去的時候，甚至連房門都沒有關好。

看著她走出去，楚留香眼睛裡忽然發出了光，「那口箱子一定就在這間房裡」，如果有人敢跟他賭，隨便要賭什麼他都答應。

如果真的有人來跟他賭，隨便賭什麼他都贏了。

箱子果然在，就在床後面。

一張有四根木柱的大床，掛著雪白的紗帳，床後面還有兩尺空地，除了擺一個金漆馬桶外，剛好還可以擺得下一口大樟木箱。

箱子裡雖然有個剛洗過澡的大姑娘，年輕、香艷，還在暈迷中，身上只裹著條粉紅色的絲浴巾，把大部分足以讓任何男人看見都會心跳的胴體都露了出來。

楚留香的心也跳得至少比平常快了兩倍。他心跳並不是因爲她清純美艷的臉，也不是因爲她那圓潤柔滑的肩，更不是因爲她那雙被浴巾半遮半掩著的腿。

他根本沒有注意去看這些地方。因爲他第一眼就看見了一樣把他注意力完全吸引著的事。

他第一眼就看見了一鈎新月。

一鈎彎彎的新月，就像是硃砂一樣，印在這位姑娘雪白的胸膛上。

楚留香立刻想到了焦林，想到了焦林交給他的那塊絲帕，想到絲帕上那一鈎用紅絲線繡出來的新月。

他立刻就把箱子關上。

一轉眼之後，這口箱子就已經不在這間房裡了。

一口又大又重的樟木箱，箱子裡還有個半暈半迷半裸的大姑娘，他能夠把它帶到哪裡去？

更要命的是，他已經聽到胡鐵花那邊有麻煩了。

他不能不管胡鐵花，也不能不管這個大姑娘，他要去對付胡鐵花的對頭，又要對付櫻子和薛穿心。

別人在這種情況下，一定不知道應該怎麼辦才好。

幸好他不是別人，別人沒有辦法，他有。

他是楚留香。

——真該死，他爲什麼不是別人，偏偏要是楚留香？

用黑絲線繡在金色緞子上的「勝」字鏢旗迎風飛捲，常勝鏢局的鏢師中，最冷靜、最清醒的一個也已有了五、六分酒意。

一個人有了五、六分酒意的時候，正是他最清醒的時候。

最少也是他自己覺得最清醒的時候。

所以他第一個看見有個人扛著一口大箱子從外面衝了進來。

——這個人是不是瘋了？是不是有什麼毛病？

他正想跳起來，先把這個人一腳踢到桌子下面去再說，誰知道這個看起來老老實實地生意人用一隻手在臉上一扯之後，就忽然變成了一個他平生最佩服最喜歡的朋友。

「香帥，是你。」他叫了起來：「你怎麼來了！」

楚留香沒有解釋。

他已經用最直接而且最快的一種方法說明了自己的身分。

他一把將這個鏢師拖入一間沒有人的房裡，把箱子交給他，把那絲帕也交給他。

「如果箱子裡的人醒了，你就把這塊手帕給她看，告訴她你是焦林的朋友，焦林就是她親生的爸爸，所以她一定要在這裡等著，等我回來。」

這個本來一直認爲自己很清醒的鏢師忽然發覺自己一點都不清醒。因爲他根本不懂這是怎麼回事，也聽不懂楚留香在說什麼。

唯一能夠讓他相信的是，這個人的確是楚留香，楚留香要他做的事總不會錯的。

所以他立刻答應：「好，我等你回來，我就坐在這口箱子上等你回來。」他說：「可是你一定要快點回來，我們兄弟都想陪你喝杯酒。」

楚留香果然很快就回來了。

一看到白雲生退走，花姑媽出現，他就回來了。但是他回來的時候，這地方已經沒有人能陪他喝酒了。

這個世界上有很多人喝酒，也有很多人不喝，有些人不喝酒是因爲他們根本不喜歡喝、不願意喝、不高興喝、不想喝。

也有些人不喝酒是因爲他們不敢喝，喝了之後會生病，會發風疹，會被朋友怪、親人怨、老婆罵，甚至會把自己的腦袋往石頭上撞。

這些事都是很不愉快地，等到第二天酒醒後一定會後悔得要命，以後也就漸漸不敢喝酒了。

可是真正不喝酒的只有兩種人，因爲他們根本不能喝。

死人當然是不能喝酒的。

另外一種人，就是已經喝得快要死的人，已經喝得像死人一樣睡在地上，抬也抬不動，叫也叫不醒，打他兩巴掌也沒有感覺，就算踢他兩腳都沒有用，這種人連人蔘大補雞燉的湯都喝不下去了，怎麼還能喝酒？

楚留香回來的時候，這個跨院裡已經只剩下這兩種人了。

不管是死是醉，也不管是怎麼醉的，每個人都已經像死人一樣躺在地上不能動了。

只有一個人例外。只有這唯一的一個人還沒有躺下去。

箱子仍在。

這個人仍然端端正正地坐在這口箱子上。只可惜已經不是那個要坐在箱子上，死守著楚留香回來喝酒的朋友了。

楚留香一看見他那身銀白色的夜行衣，一顆心就已經沉了下去。

他不怕這個人，可是他也不喜歡碰到這個人，非常不喜歡，就好像他不喜歡碰到一隻刺蝟一樣。

薛穿心卻好像很高興見到他。

「果然是你，你果然來了。」他微笑著：「這次我總算沒有猜錯。」

「你早已想到是我了？」

「一出房門，我就已想到箱子很可能就在房裡，可是等我轉回去時，箱子已經不在了。」薛穿心說：「除了楚香帥外，誰有這麼快的身手？」

他笑得更愉快：「幸好我也知道香帥和常勝鏢局的交情一向不錯，所以才會找到這裡來，否則今日恐怕就要和香帥失之交臂了。」

楚留香苦笑：「以後你再遇到這一類的事，能不能偶爾把我忘記一、兩次？」

「以後我一定會盡力這麼去做。」薛穿心說得很誠懇：「只可惜有些人總是會讓人常常記在心裡，想要把他忘記都不行。」

他忽然嘆了口氣：「尤其是常勝鏢局的朋友，此後恐怕夜夜都要將你牢記在心。」

「爲什麼？」

「爲什麼？你真的不知道爲什麼？」薛穿心淡淡地說：「如果不是你把這口箱子送來，他們此刻一定還在開懷暢飲，怎麼會慘遭別人的毒手？」

「是別人下的毒手？不是你？」

「我來的時候，該醉的已經醉了，該死的也都已經死了。」薛穿心又在嘆息：「出手的這個人，手腳也快得很，幸好我知道楚留香是從來不殺人的，否則恐怕連我都要認爲這是你的傑作了。」

楚留香沒有摸鼻子。

他的鼻尖冰冷，指尖也已冰冷。

薛穿心忽然又問他：「你想不想看看箱子裡的人？」

「箱子裡的人怎麼了？」

「也沒有怎麼樣，只不過不明不白的把一條命送掉了而已。」

楚留香冰冷的鼻尖上忽然沁出了一滴冷汗，連臉色都變了，就連他最老的朋友，也很少看到他臉上會有這麼強烈的變化，就算是他自己面臨已將絕望的生死關頭時，他也不會變成這樣子。

可是他想到了焦林，想到那個幾乎已經一無所有的朋友，對他那麼信任尊敬，如果他讓這樣一個朋友的女兒因爲他而死在一口箱子裡，他這一生中所做的每一件事都只不過是一堆垃圾而已。

薛穿心站起，箱子開了。

楚留香第一眼看見的，就是那塊已經變色發黃的純絲手帕。

那一鈎彎彎的新月仍然紅得像鮮血一樣，旁邊還多了兩行鮮紅的血字：

「楚留香多管閒事

何玉林死不瞑目」

何玉林就是那個替他死守在箱子上，等著他回來喝酒的朋友。

現在死在箱子裡的人並不是焦林的女兒，而是何玉林。

焦林的女兒到哪裡去了？

薛穿心慢慢地蓋上箱子，用一種很同情的態度看著楚留香。

「喜歡管閒事並不是壞事，能夠管閒事的人通常都是有本事的人，只不過閒事管得太多，有時候就會變得害人害己了。」

他拍了拍衣服，伸了個懶腰。

「這件閒事現在你大概已經沒法再管下去，我相信你也跟我一樣，也不知道這裡剛才究竟發生了什麼事。」薛穿心說：「如果你喜歡這口箱子，你就拿去，箱子裡的人也歸你，我們後會有期。」

他對楚留香笑了笑，身子已銀箭般穿出了窗戶，連一點準備的動作都沒有，就已到了窗外的院子裡。

等他落到地上時，忽然發現楚留香的人也已經在院子裡。

薛穿心嘆了口氣：「今天我既不想陪你喝酒，也不想跟你打架，你跟著我幹什麼？」

「我只想問你，本來在箱子裡的那位姑娘是被櫻子從什麼地方劫來的？」楚留香說：「她姓什麼？叫什麼？最近住在哪裡？在做什麼事？爲什麼會引起這麼多人爭奪？甚至連遠在扶桑的忍者都想要她這個人。」

薛穿心顯得很驚訝。

「這些事你都不知道？」他問楚留香：「你連她是誰都不知道？」

「我不知道。」

「那麼你爲什麼要來管這件閒事？」

「我只不過碰巧認出了她是我一個朋友已失散了多年的女兒。」

薛穿心吃驚地看著楚留香，過了很久才說：「你問我的，我都可以告訴你，可是你一定要先告訴我，你那個朋友是誰？」

「他只不過是個落拓潦倒的江湖人而已。」楚留香道：「就算我說出他的名字，你也不會知道。」

薛穿心又沉默了很久，忽然問：「你說的這個人是不是焦林？」

這次輪到楚留香吃驚了：「你怎麼知道我說的是焦林？你也認得他？」

薛穿心笑了。

他好像也是個很喜歡笑的人，他的微笑不管是對男人還是對女人都很有吸引力。

就在他開始微笑的時候，他銀色腰帶的環扣上已經有一蓬銀線飛出，他的身子也跟著撲起，以左掌反切楚留香的咽喉，以右拳猛擊楚留香的軟脅。

這三著都是致命的殺手，幾乎都是在同一刹那間發動的。

一個人只有在對付自己勢難兩立的強仇大敵時，出手才會如此狠毒。

但是他跟楚留香並沒有這麼深的仇恨，爲什麼忽然變得非要讓楚留香死在這裡不可？

楚留香已經倒了下去，筆筆直直地倒了下去，卻沒有完全倒在地上。

就在他背脊離地還有三寸的時候，他的身子已貼地竄出。

十三枝只比繡花針大一點的銀箭都打空了，薛穿心的拳掌雙殺手也打空了。

可是楚留香也快要一頭撞在牆上。

院子不大，後面就是一道牆，他的去勢又太急，像楚留香這一類的人，當然也不會練油頭貫頂那一類死功夫，這一頭若是真的撞到牆上，也不是好玩的。

他當然不會真的撞上去。

他的身體裡就好像有某種機關一樣，可以隨時發動，把他的身子彈了起來，忽然間他就已坐在牆頭上了。

薛穿心忽然變得面如死灰，忽然解開了他腰帶上的環扣，從腰帶裡拔出一柄銀光閃閃的軟劍。

銀光閃動間，這柄劍已毒蛇般噬向咽喉。

他自己的咽喉。

可惜這一次他可比楚留香慢了一步，只聽「嗤」的一聲響，他的這條手臂就軟了下去。

急風破空聲響起，已經有一粒石子打在他這條手臂的關節上。

然後他就聽見楚留香在問他：「你爲什麼要做這種事？爲什麼要死？」

「因爲我也想要你死。」薛穿心的聲音還是那麼冷漠、那麼驕傲！「要別人死，自己就得準備死。」

「可是你的手裡還有劍，爲什麼不再試一試？」

「勝就是勝，敗就是敗，既然敗了，又何必再試？」薛穿心傲然道：「我一生縱橫江湖，享盡人間艷福，活也活夠了，又何必再厚著臉皮爲自己掙命？我生平殺人無算，自己爲什麼不能死一次？」

「如果我一定要你活下去呢？」

薛穿心冷笑：「楚留香，我知道你很行，很有本事，只不過你要是真的以爲天下沒有你辦不到的事，你就錯了。」他厲聲說：「這件事你就辦不到。」

他的右臂已經不能動了，可是他還有另外一隻手。這隻手裡居然也有件致命的武器。一根三寸三分長的毒針。

他的左手握緊時，這根毒針就從他無名指上戴著的一個白銀戒指裡彈了出來，就像是殺人蜂的毒刺。

「楚留香，你要救人，去救別人吧，我們再見了。」

他的手一抬起，這根毒刺就已到了他的眉心前三分處。可是到了這裡之後，他的手就再也沒法子移動半分。

因爲他這隻手的脈門忽然又被扣住，用一種極巧妙的方法扣住。

一種除了楚留香之外，還沒有第二個人能了解其中巧妙的方法。

薛穿心吃驚地看著楚留香，全身都已弓弦般繃緊，厲聲問：「我不是你的朋友，如果我比你強，剛才就已殺了你。」他問楚留香：「你爲什麼不讓我死？」

「我也不知道是爲了什麼。」楚留香淡淡地說：「大概是因爲我已經開始有點喜歡你。」

「你是不是一定不讓我死？」

「大概是的。」

薛穿心忽然嘆了口氣，用一種非常奇怪的聲調說：「那麼你自己大概就快要死了。」

就在他開始嘆氣的時候，就忽然有股輕煙隨著他的嘆息聲從他嘴裡噴出來，噴在楚留香臉上。

楚留香的瞳孔立刻收縮，臉上的肌肉也開始痙攣扭曲。

他看著薛穿心，好像還想說什麼，卻連一個字都說不出來。

薛穿心冷冷地看著他的手鬆開，冷冷地看著他倒下去，臉上全無表情。

「我並沒有要你來救我，這是你自己心甘情願的。」他冷冷地說：「所以我並不欠你。」

七　出價最高的人

花姑媽一直在笑，看著胡鐵花笑，甜甜地笑，笑聲如銀鈴。

她笑得又好看、又好聽。

花姑媽的笑一直是很有名的，非常有名，雖然不能傾國傾城，可是要把滿滿一屋子人都笑得七倒八歪卻絕對沒有問題。

現在一屋子裡除了她之外，只有一個人。

牆上的破洞她已經用一塊木板堵住，隔壁房裡的黑竹竿已暈迷睡著，桌上還有酒有菜，胡鐵花已經被她笑得七葷八素，連坐都坐不住了。

可是他也不能躺下去。

如果他不幸躺了下去，問題更嚴重，所以他一定要打起精神來。

「你為什麼要叫黑竹竿他們去刺殺史天王？」胡鐵花故意一本正經地問：「是誰叫你做這件事的？你為什麼要做？」

「因為我不想讓人把一朵鮮花去插在狗屎上。」

「難道你也不贊成這門婚事？」

胡鐵花顯得有點吃驚了：「請我護送玉劍公主的那位花總管，明明告訴我他是你的二哥，他請我來接新娘子，你爲什麼要叫人去殺新郎倌？」

「因爲新郎倌如果忽然死了，這門親事也就吹了，那才真是天下太平，皆大歡喜。」

胡鐵花皺起了眉，又問花姑媽：「你二哥是玉劍山莊的總管，你呢？你是不是杜先生門下的人？」

「也可以算是，也可以算不是。」

「你究竟是誰的人？」

「這句話你不該問的，你應該知道我是誰的人。」花姑媽甜甜地笑著說：「我是你的人，我一直都是你的人。」

胡鐵花簡直快要喊救命了。

他知道楚留香一定在附近，他剛才親眼看見的，他希望楚留香能夠忽然良心發現，大發慈悲，到這裡來跟他們一起坐坐，一起喝兩杯，那就真是救了他的一條小命。

因爲他也知道這位要命的花姑媽喝了幾杯酒之後，是什麼事都做得出來的。

「我的媽呀！」胡鐵花終於叫了起來：「君子動口不動手，你怎麼可以這樣子？」

「我本來就不是君子，我是你的媽。」花姑媽吃吃地笑：「你是不是我的乖寶寶？」

「他不是。」

楚留香總算還有點天良，總算來救他了。

這個人的聲音聽起來雖然不像楚留香，可是楚留香的聲音本來就隨時會改變的，就好像妓女改變她對嫖客的臉色那麼容易。

這個人的樣子看起來當然也不像楚留香。

他穿著一身銀色的緊身衣，蒼白英俊的臉上帶著種又輕佻又傲慢的表情，就好像把自己當作了天下第一個美男子，就好像天下的女人都要爬著來求他，讓她們替他洗腳一樣。

這麼樣一個人，手裡卻托著一個特大號的樟木箱子，看樣子份量還很不輕。

胡鐵花在心裡嘆息。

他實在想不通楚留香這一次爲什麼要把自己扮成這種討人厭的樣子。

花姑媽也在嘆氣：「該來的時候不來，不該來的時候你反而來了。」她搖著頭苦笑：「你這一輩子難道就不能爲別人做一次好事？」

「我現在就是在做好事。」這個人笑道：「我相信這裡一定有人會感激我的。」

胡鐵花直著眼睛瞪著他，忽然跳了起來：「不對，這個人不是楚留香，絕不是。」

「誰說他是楚留香？他本來就不是。」花姑媽說：「如果他是楚留香，我就是楊貴妃了。」

「他是誰？」

「我姓薛。」薛穿心說：「閣下雖然不認得我，我卻早已久仰胡大俠的大名了。」

「你認得我？」

「胡大俠光明磊落，豪氣如雲，江湖中誰不知道？」

薛穿心又露出了他的微笑：「胡大俠的酒量之好，也是天下聞名的，所以我才特地趕來陪胡大俠喝兩杯。」

胡鐵花忽然覺得這個人並沒有剛才看起來那麼討厭了，甚至已經有一點點可愛的樣子。

「你找人喝酒的時候，總是帶著這麼樣一口大箱子？」胡鐵花還是忍不住問：「箱子裡裝的是什麼？是吃的還是喝的？」

「如果一定要吃，加點醬油作料燉一燉，勉強也可以吃得下去。」

「能不能用來下酒？好不好吃？」

「那就要看情形了。」薛穿心說：「看你是不是喜歡吃人。」

胡鐵花嚇了一跳：「箱子裡裝著一個人？」他問薛穿心：「是死人還是活人？」

「暫時還沒有完全死，可是也不能算是活的。」薛穿心說：「最多也只不過算半死不活而已。」

「你爲什麼要把他裝在箱子裡？」

「因爲我找不到別的東西能把這麼大一個人裝下去。」

胡鐵花又在摸鼻子了，摸了半天鼻子，忽然歪著頭笑了起來：「我知道這裡的廚房裡有口特大號的鍋子，我們就把這個人拿去燉來下酒好不好？」

薛穿心也笑了，笑得比胡鐵花更邪氣：「如果你知道箱子裡這個人是誰，你就不會說這種話了。」

胡鐵花當然不是真的想吃人。

他唯一能夠吃得下去的一種人，就是那種用麥芽糖捏出來的小糖人。

他只不過時常喜歡開開別人的玩笑而已，尤其是在那個人說出了一句很絕的話之後，他一定也要想出一句很絕的話來對抵一下，否則他晚上連覺都睡不著。

可是現在這個人說的這句話裡竟彷彿別有含意，胡鐵花如果不問清楚，也是一樣睡不著的。

「箱子裡這個人是誰？難道是個我認得的人？」

「你們不但認得，而且很熟。」薛穿心說：「不但很熟，而且是好朋友。」

他說得好像真有其事，胡鐵花不能不問了：「我的朋友不少，你說的是誰？」

「你最好的朋友是誰？」

「當然是楚留香。」

「那麼我說的這個人就是楚留香。」

胡鐵花怔住：「你是不是說，箱子裡的這個人就是楚留香？是不是說楚留香已經被你裝在這口箱子裡了？」

薛穿心嘆了口氣：「我本來想殺了他的，又覺得有點不忍，要是放了他，又覺得有點不甘心，所以只有把他裝在箱子裡帶回去，如果有人想用他來下酒也沒關係，無論清燉還是紅燒我都贊成。」

胡鐵花瞪著他，用一雙比牛鈴還大的眼睛瞪著他，忽然大笑：「有趣有趣，你這個人真他媽的有趣極了。」他大笑道：「我實在想不到世上居然還有人吹牛的本事比我還大。」

薛穿心也笑了：「吹牛能吹得讓人相信的確不是件容易的事。」

「只可惜你這次的牛皮吹得實在太大了一點。」胡鐵花說：「楚留香會被你裝在一口箱子裡？哈哈，這種事有誰會相信？」

薛穿心又嘆了口氣：「我也知道這種事絕對沒有人會相信。」

胡鐵花忽然板起了臉：「可是你既然知道楚留香是我的好朋友，怎麼能這樣子開他的玩笑？」他沉著臉說：「你在我面前開這種玩笑，實在一點都不好玩。」

「你說得對。」薛穿心承認了：「這種玩笑的確不好玩。」

「你們兩個人都不好玩。」花姑媽也板起臉：「如果你們還不趕快陪我喝酒，我就把你們兩個全都用掃把趕走。」

被人用掃把趕走也是很不好玩的，所以大家開始喝酒。

只可惜酒已不多，夜卻已深。

花姑媽搖了搖酒罈，嘆了口氣：「看樣子我們每個人最多只能再喝三杯了。」她嘆著氣道：「喝完了這三杯，我們就各奔前程，找地方睡覺去吧，難得清醒一天也滿不錯的。」

「錯了錯了，簡直大錯特錯。」胡鐵花拍著桌子：「喝到這種時候就不喝了，那簡直比殺頭要命。」

「我也知道這種滋味很不好受，可是現在這種時候還有什麼地方能找得到酒？」

「當然有地方。」

「還有什麼地方？誰能找得到？」

「我。」

遇到這一類的事，胡鐵花一向是當仁不讓的。

事實也如此，如果這個世界上只剩下最後一罈酒了，能找到這罈酒的人一定就是他。

花姑媽又吃吃地笑了：「要是你真的能找到酒回來，我就承認你是天下最孝順的乖兒子。」

乖兒子不能做，酒卻是一定要喝的。

所以胡鐵花走了，走得比後面有人拿著一把刀要砍他的時候還快。

他的人影消失在黑暗中時，花姑媽臉上的笑容也已消失，瞪著薛穿心問：「這口箱子裡裝的究竟是什麼？」

薛穿心根本不理她，就好像根本沒聽見她說的這句話，反而問了她一個現在根本已經不應該再問的問題：「你說我剛才開的那個玩笑好不好玩？」

「不好玩。」

「我也覺得不好玩，胡鐵花也跟我們一樣。」薛穿心說：「可是，還有一個人一定比我們覺得更不好玩。」

「這個人是誰？」

「楚留香。」薛穿心說：「覺得這個玩笑最不好玩的一個人就是楚留香。」

「爲什麼？」

「因爲箱子裡的人就是他。」

花姑媽看著薛穿心，就好像這個人忽然長出了十八個腦袋三十六隻角一樣。

「你真的把楚留香裝在這口箱子裡了？」

「大概是真的。」

「你爲什麼要做這種事？」

「因爲他好像知道了一些他不該知道的事。」薛穿心說：「而且他好像還跟焦林有點關係。」

花姑媽的臉色立刻變了，壓低聲音問：「這件事他究竟知道了多少？」

「我不知道，可是我不敢冒險。」薛穿心說：「我不能讓這件事毀在他手裡。」

「那麼你準備怎麼辦？」

「我準備把他帶回去，關起來，等到這件事過去之後再說。」

「你能把他關多久？你能保證他不會逃出去？」花姑媽說：「連蒼蠅都飛不出去的地方，他都能出得去，只要他活著，誰有把握能關得住他？」

「你的意思呢？」

「要關住他只有一個法子。」花姑媽說：「只有死人是永遠逃不走的。」

「你要我殺了他？」

「一不做，二不休，你反正已經這麼樣做了，爲什麼不做得更徹底些？」

薛穿心看著她，嘆息搖頭苦笑說：「天下最毒婦人心，這句話說得可真是一點也不錯。只可惜我做不到。」

花姑媽冷笑：「你做不到，難道你是個好人？」

「我不是好人，我這個人又陰險又奸詐，而且心狠手辣，反臉無情。」薛穿心傲然說：「可是這種事我還做不出。」

「爲什麼？」

「你知不知道他是怎麼會落在我手裡的？」薛穿心說：「他是爲了要救我，才中了我的計，如果他要殺我，我恐怕早就死在他手裡了。他既然沒有殺我，我怎麼能殺他？我薛穿心雖然陰險毒辣，卻不是這種卑鄙無恥的小人。」

花姑媽嘆了口氣：「好，我承認你是個有原則的人，是條男子漢，幸好我不是。」花姑媽說：「你做不出這種事，我做得出。」

「我保證你也做不出。」薛穿心冷冷地說：「因爲我絕不會讓你做的。」

「如果我一定要做，你能怎麼樣？」

「我也不能怎麼樣。」薛穿心臉上又露出了溫柔地微笑：「我能對你怎麼樣？」

他微笑著道：「我最多也只不過能砍斷你一雙手而已。只要你去碰一碰那口箱子，我會把你這雙又白又嫩的小手輕輕地砍下來，裝在一個很漂亮的匣子裡，帶回去做紀念。」

花姑媽的臉色已經發白，瞪著他看了半天，居然又甜甜地笑了起來。

「你放心，我不會去動這口箱子的。楚留香是什麼樣的人，怎麼會被你裝進一口箱子裡？」她吃吃地笑道：「箱子裡的人也許只不過是個被你騙得暈了頭的小姑娘而已。」

薛穿心忽然一拍巴掌：「這下子你才說對了，箱子裡也許根本就沒有人，也許只不過是一堆破磚頭而已，連一文都不值。」他笑得像是條狐狸：「可是箱子裡也說不定真的有個楚留香。」

他盯著花姑媽，笑眼裡閃著光：「你想不想知道箱子裡究竟是什麼？」

「想。」

「那麼你就不妨出個價錢，把這口箱子買下來。」薛穿心說：「那時不管你要把這口箱子怎麼樣，都不關我的事了。」

花姑媽也在盯著他，盯著他那如狡狐般的笑眼，「你要我出多少？」

「十萬兩。」薛穿心說：「我知道你身上現在最少也有十萬兩。」

花姑媽嚇了一跳，「十萬兩，你叫我花十萬兩買一口箱子？」

「可是箱子裡如果真的有個楚留香，十萬兩並不算貴。」

「如果箱子裡只不過是堆破磚頭呢？」花姑媽說：「你要我怎麼回去對杜先生交帳？」

薛穿心笑得更愉快：「那就是你家的事了，跟我也沒有半點關係。」

花姑媽又盯著他看了半天，忽然也學他一拍巴掌：「好，我買了，我就出十萬兩。」

可是這筆交易還沒有談成，因爲薛穿心還沒有收下她那張銀票時，院子裡忽然有個人大聲說：「我出十一萬。」

櫻子姑娘居然沒有死，居然又出現了，穿著一身像開著櫻花的衣裳出現了，看來居然比沒有穿衣裳的時候更美。

花姑媽對女人一向是沒有對男人那麼客氣的，尤其是對比她年輕、比她好看的女人。

所以她連看都不去看一眼，只問薛穿心：「這個東洋女人是從哪裡來的？」

「東洋女人當然是從東洋來的。」

「她算什麼東西？」

「她不能算什麼東西，她只能算是個女人，跟你一樣的女人。」薛穿心在笑：「而且好像還比你大方一點。」

「她只比我多出了一萬兩，你就把箱子賣給她？」

「一萬兩銀子也是銀子，可以買好多好多東西的。有時候甚至可以買好多個女人。」薛穿心說：「有時候甚至還可以買好多個男人。」

櫻子銀鈴般笑了。

誰也不知道她是用什麼方法從薛穿心手裡逃走的，可見一個練過十七年忍術的美麗女人，不管要從什麼樣的男人手裡逃走，都不是件困難的事。

何況薛穿心的目標並不是她。

花姑媽終於轉過臉，瞪著她：「你爲什麼要花十一萬兩銀子買一口箱子？」

櫻子也不理她，只問薛穿心：「薛公子，我可不可以說老實話？這位老太太聽了會不會生氣？」

「她不會生氣。」薛穿心忍住笑：「老太太怎麼會生小孩子的氣？」

「那麼就請薛公子告訴她，我肯出十一萬兩買這口箱子，有三點原因。」

「哪三點？」

「第一，因爲我有錢；第二，因爲我高興；第三，因爲她管不著。」

薛穿心大笑。

外面也有個人在大笑，笑的聲音比他還大。胡鐵花已經提著兩罈酒回來了，而且好像已經在外面偷聽了很久。

他是個酒鬼，卻不是那種除了喝酒之外，什麼都不管的酒鬼。

如果他是那種酒鬼，現在他早已變成了鬼。

「現在我總算明白了，這口箱子裡很可能真的有個楚留香，也可能什麼都沒有，所以要買這口箱子的人，就得賭一賭自己的運氣了。」胡鐵花笑道：「誰的賭注大，誰出的價錢高，這口箱子就是誰的。只不過，花了十多萬兩銀子後買回來的如果是口空箱子，那就冤死了。」

「你呢？」薛穿心問他：「你是不是想賭一腳？」

「我碰巧不但是個酒鬼，也是個賭鬼。」

「現在已經有人出十一萬了，你出多少？」

「我當然要多出一點。」胡鐵花連眼睛都沒有眨一眨：「我出二十萬。」

「二十萬？」薛穿心打量著他：「你身上有二十萬兩銀子？」

「我沒有，我連一兩銀子都沒有，我只有這兩罈酒。」胡鐵花居然面不改色：「可是在這種時候，一罈酒價值十萬兩已經算便宜的了，如果到了那個雞不飛狗不跳連兔子都不撒尿的大沙漠裡，你就算花一百萬兩，也休想買到這麼一罈酒。」

「有理。」

花姑媽居然還沒有被氣死，反而笑得更甜：「如果有人不答應，我就替你出這二十萬兩。」

櫻子眼珠轉了轉，居然也同意：「現在已經這麼晚了，一罈酒估價十萬兩也是應該的。」

她很溫柔地說：「薛公子，我們就把它算做二十萬好不好？」

「好。」薛穿心微笑：「你說的就好。」

「還能不能再多算一點？」

「大概不能了。」

櫻子的聲音更溫柔：「如果我馬上就可以拿出銀子來，是不是還可以再多出一點呢？」

「當然可以。」薛穿心笑得實在愉快極了：「不管你出多少，我都絕不會反對的。」

「我出三十萬兩好不好？」

「好，好極了！」薛穿心大笑：「簡直好得不得了。」

銀子是要立刻拿出來的，沒有銀子，銀票也可以，當然要十足兌現，到處都有信用的銀票。

花姑媽看看胡鐵花，胡鐵花看看花姑媽，兩個人都拿不出來。

就算他們心裡已經另有打算，也只有看著薛穿心把這口箱子賣給別人。

可是這筆交易還沒有談成，因爲櫻子還不是出價最高的人，還有人出的價錢比她更高，高得多。

「不行，三十萬兩還不行。」

他們忽然聽見一個人說：「要買楚留香，三十萬兩怎麼夠？就算三百萬兩也不夠的。」

大家還沒有聽出他的聲音是從什麼地方發出來的，他們要買的這口箱子卻忽然被打開來了。

被箱子裡面的人打開的。

一個人慢慢吞吞地從箱子裡站了起來，用他自己的一根手指頭摸著他自己的鼻子，慢慢吞吞地說：「我出三千萬兩。」

薛穿心絕不是那種時常會將喜怒之色表現在臉上的人，甚至有人說他，就算眼看著他的老婆掉進河裡去，臉上也不會有一點表情。

可是現在他臉上的表情卻好像有人用一把刀將他的耳朵割了下來，而且還要他自己吃下去。

楚留香明明已經中了從他嘴裡含著的一根吹管中噴出來的迷香，而且還被他親手點住了三處穴道，在三天之內應該是動也動不了的。

他對他用的那種獨門迷香和他的點穴手法一向都很有信心。

可是現在楚留香居然從箱子裡站起來了，就好像一個人剛洗過澡從浴池裡站起來，顯得又乾淨、又精神、又愉快，而且清醒無比。

那種要花三百多兩銀子才能配成半錢的迷藥，和他苦練了十七、八年的點穴手法，用在楚留香身上，居然連一點用都沒有。

楚留香剛從箱子裡站起來，已經有一個酒罈子飛過去。

他拍開了罈口的泥封，用兩隻手捧著酒罈，仰起了脖子就往嘴裡倒，一下子就倒下去兩、三斤。

胡鐵花大笑：「我還以爲這小子真的已經變得半死不活了，想不到他喝起酒來還是像餓狗吃屎一樣，一下子就喝掉我好幾萬兩，也不怕我看著心疼。」

楚留香也大笑：「不喝白不喝，十萬兩銀子一罈的酒畢竟不是常常都能喝得到的。」

「那麼你就喝吧，我就讓你喝死算了。」

他們笑得愈開心，別人愈笑不出，非但笑不出，連哭都哭不出來。

「只不過我還是不明白。」胡鐵花問楚留香：「你放著好好地日子不過，爲什麼要讓人把你裝進箱子裡去？」

「因爲有些事我還不明白，我一定要想法子弄清楚才行。」

「我知道這些事薛公子一定不肯告訴我的，可是一個人如果已經被裝進箱子裡去，別人就不會提防他了。」楚留香笑道：「被裝在箱子裡的人常常都可以聽到很多別人本來不願告訴他的事。」

「你聽到些什麼？」胡鐵花又問他：「那些你本來不明白地事，現在是不是都已經明白了？」

「最少已經明白了好幾成。」

他看著薛穿心微笑：「最少，我現在已經明白你和花姑媽都是杜先生的人，正在爲杜先生籌劃一件大事，這件事的關鍵人物就是焦林的女兒，就因爲我看見了她，而且知道她的來歷，所以你才會對付我。」

薛穿心雖然還是笑不出，卻忍不住問：「就爲了想要知道這些事，所以你才故意被我迷倒？」他問楚留香：「如果我不把你裝進箱子，當時就一刀殺了你，你死得豈非冤枉？」

「我知道你不會殺我的，你還做不出這種事來。」楚留香說：「就算你要殺我，我大概也死不了。」

他又在摸他的鼻子：「用迷香來對付我，就像是用小牛腰肉去打狗一樣，非但沒有用，而且簡直是種浪費。」

「難道你也不怕別人點你的穴道?難道你根本沒有穴道?」

「我當然也有穴道，而且連一個都不少。」楚留香說：「只不過我碰巧偶爾可以把穴道中氣血流動的位置移開一點點而已。」

就好像受了傳染一樣，薛穿心也開始在摸鼻子了。

「遇到了你這種人，大概是我上輩子缺了德，這輩子也沒有做好事。」薛穿心苦笑：「現在我只想要你幫我一個忙。」

「幫你什麼忙？」

「把我裝進這口箱子，然後再把箱子丟到河裡去。」

薛穿心當然不是真的要楚留香幫他這個忙，他無論要把誰裝進一口箱子都不必別人幫忙，就算要把他自己裝進去也一樣。

這種事絕不是件很困難的事。

箱子是開著的，他的腿一抬，就已經到了箱子裡。

想不到這口用上好樟木做成的箱子竟忽然一片片碎開，變成了一堆碎木頭。

「看來我已經不能幫你這個了。」楚留香微笑：「現在大概已經沒有人能把你裝進這口箱子了。」

「這一定又是你做的事，你剛才一定已經在這口箱子上動了手腳。」薛穿心看著楚留香苦笑：「你爲什麼要這麼做？」

「因爲我忽然發現被人關在箱子裡一點都不好玩。」楚留香說：「我覺得不好玩，別人一定也覺得不好玩，我爲什麼要別人做不好玩的事？」

他拍了拍薛穿心的肩：「如果你覺得對我有點不好意思，等一下也可以幫我一個忙。」

薛穿心苦笑：「你要我幫你什麼忙？我能幫你什麼忙？」

「等一下你就會知道。」

櫻子姑娘早就想溜了，卻一直沒有溜。

她看得出無論誰想要在這些人面前溜走都很不容易，她只希望楚留香趕快把薛穿心關到箱子裡去，她一直在等這個機會。

除了薛穿心之外，誰也不知道她的來歷，更不會知道她跟這件事有什麼關係。薛穿心進了箱子，她就可以像鳥一樣飛出這個籠子了，現在她何必急著溜走？

想不到楚留香居然放過了薛穿心。

——中國人真奇怪，爲什麼會如此輕易地就放過曾經苛毒陷害過他的人？

在她的國家裡，這種事是絕不會發生的，有時候他們甚至連自己都不能原諒，爲了一點小事，就會用長刀剖開自己的肚子，要他們寬恕別人，那簡直是絕無可能的事。

她想不通這種事，可是她已經發現楚留香在對她笑了。

那麼愉快地笑容，那麼開朗，那麼親切。

可是楚留香說的話卻讓她吃驚。

「我看過櫻花。」楚留香說：「在你們那裡，一到了春天，櫻花就開了，我也曾經躺在櫻花下，聽一位姑娘彈著三琴，唱著情歌。」

他帶著微笑嘆息：「只可惜那位姑娘沒有櫻花那麼美，也不叫櫻子。」

櫻子傻了。

這些話有些是她自己說的，當時在場的只有她和薛穿心兩個人，怎麼會被第三個人聽到？而且還知道她的名字。

她當然也知道楚留香的名字，遠在多年前她就聽說過中土武林中，有這麼樣一個充滿浪漫和神秘色彩的傳奇人物。

但她卻還是想不到他竟是個如此不可思議的人，也想不到他居然還這麼年輕。

她已經發現如果用對付別的男人那種手段來對付這個人，只有自討無趣。

在這種人面前，還是老實一點好。

所以她什麼話都不說，只笑，笑總是不會錯的，不說話也不會錯。

聰明的女人都知道應該在什麼時候閉上自己的嘴。

不幸的是，楚留香一向最會對付這種聰明的女人，遇到又醜又笨的，他反而沒法子了。

「剛才我好像聽說櫻子姑娘要出三十萬兩買這口箱子。」楚留香問：「不知道我有沒有聽錯？」

「你沒有聽錯。」

「那就好極了。」楚留香微笑：「這口箱子現在已經是你的了。」

原來他是要她花三十萬兩買一堆破木頭回去，現在她才明白他的意思。

她知道楚留香厲害，可是她也不是個好欺負的女人。

「這一次香帥好像弄錯了，箱子不是我的，是你的。」櫻子帶著點異國口音的語聲聽來柔若春水：「我記得香帥剛才好像出過三千萬兩，不知道我有沒有聽錯？」

「你也沒有聽錯。」楚留香說：「可是你看我這個人像不像有三千萬兩的樣子？」

「我看不出。」

「那麼我告訴你，我沒有。所以我出的那個價錢根本就不能算數。」楚留香笑得更愉快：「所以箱子還是應該賣給你。」

櫻子靜靜地看著他，看了很久。

她欣賞這種男人，不但欣賞，而且有點害怕，只不過她也不會這麼容易就被他壓倒的。

「我相信櫻子姑娘一定隨時都可以拿出三十萬兩來。」楚留香說：「我絕對相信。」

「我確實有三十萬，我也願意拿出來。」櫻子輕輕地嘆了口氣：「只可惜現在箱子已經沒有了。」

楚留香好像覺得很吃驚。

「箱子沒有了，箱子怎麼會沒有呢？」他看著那堆破木頭又說：「這不是箱子是什麼？難道是一塊肥豬肉？」

「這當然是箱子。」花姑媽忽然甜笑：「箱子就是箱子，豬肉就是豬肉，就算已經被剁得爛爛的，做成了紅燒獅子頭，也沒有人能說它不是豬肉。」

楚留香大笑。

「花姑媽果然是明白人，說的話真是中肯極了。」

櫻子也在笑，笑得還是那麼溫柔，連一點生氣的樣子都沒有。

「現在我才看出來，這的確是口箱子，而且正是我剛才要買的那一口。」她的樣子也很愉快：「我能夠買到這麼好的一口箱子，真是我的運氣。」

珠。

她居然真的立刻就拿出一大疊銀票來，好厚好厚的一大疊，除了銀票外，還有一袋子珍珠。

她用雙手把銀票和珍珠都放在桌上，風姿溫柔而優雅。

「銀票是十三萬五千兩，不夠的數目，這一袋珍珠大概可以補得過。」

然後她就伏在地上，把那堆破木頭一片片撿起來，用一塊上面繡著櫻花的包袱包了起來，連一點碎木片都沒有留下。

然後她又向大家恭敬地行禮，動作不但優雅，還帶著唐時的古風。

「那麼，」櫻子說：「現在我就要告退了，謝謝各位對我的關照，我永遠不會忘記的。」

胡鐵花一直在喝酒，不停地喝，直等到這位櫻子姑娘帶著一大包用三十萬兩買來的破木頭走出去，他忽然用力一拍桌子。

「好，好極了，現在我才知道這個世界上真有臉皮這麼厚的人，居然有臉當著這麼多人來欺負一個小女孩。」

他紅著眼，瞪著楚留香，一副隨時準備要打架的神氣，甚至連袖子都捲了起來。

「我問你，你是不是已經窮得連臉都不要了，爲什麼硬要拿人家這三十萬兩銀子？你知不知道你簡直把我的人都丟光了？」

他是真的在生氣。

我們這位胡大爺一生中最看不慣的就是這種事，爲了這一類的事，也不知道跟別人打過多少次架了，不管對方是誰，都要打個明白，就算是楚留香也不例外。

楚留香卻不理他，卻對薛穿心說：「現在我就要請你幫我那個忙了。」

「你要我怎麼做？」

「我要你把三十萬兩銀子拿去。」

薛穿心怔住，「銀子是你的，你爲什麼要給我？」

「銀子不是我的，我也不會給你。」楚留香說：「我只不過請你拿去替我分給萬勝鏢局那些死者的遺族和黑竹竿。」

胡鐵花也怔住。

他心裡那一股本來已經要像火山般爆發出來的脾氣，忽然間就變得好像是一團剛從陰溝裡撈出來的爛泥巴，本來他已經準備好好打一架的，現在他唯一想打的人就是他自己。

「黑竹竿已經盡了他的本份，所以他有權分到他應得的一份，我只怕他不肯收下來而已。」楚留香嘆息：「我很了解他這種人，他們的脾氣通常都要比別人硬一點的。」

薛穿心看著他，過了很久，才冷冷地說：「這種事你不該要我做的，何況我也不是做這種事的人。」他說：「我這一生中，只懂得拈花惹草，持刀殺人，從來也沒有做過好事。」

他的聲音還是那麼驕傲而冷酷，他的眼睛還是像釘子一樣盯著楚留香。

「可是爲了你，這一次我就破例一次。」薛穿心說：「只此一次，下不爲例。」

胡鐵花又開始在喝酒，花姑媽又在笑了，不但在笑，還在鼓掌：「好，做得漂亮，這件事你真是做得漂亮極了，除了楚香帥之外，天下大概再也找不出第二個人能做得出這種事來。」她笑得比平時更甜：「只可惜我還是有點不懂。」

花姑媽問楚留香：「那位東洋姑娘又精又鬼，又能受氣，而且隨隨便便就可以從身上拿出三十萬兩銀子來，別人一輩子都沒有見過這麼多銀子，她卻連眼睛都不眨一眨就拿出來給你了。」花姑媽說：「像這麼樣一個小姑娘，從東洋趕到江南來，大概總不會是爲了要買那堆破木頭的。你爲什麼不把她留下來，問問她究竟想來幹什麼？」

「因爲今天晚上死的人已經夠多，我不想再多添一個。」

「你一問她就會死？」

「非死不可。」

「爲什麼？」

楚留香笑了笑，反問花姑媽：「如果史天王抓住了你，一定要問你爲什麼要找人去刺殺他，你是不是也非死不可？」

花姑媽笑不出來了。

胡鐵花忽然用力一拍桌子：「姓楚的，楚留香，你爲什麼不痛痛快快地揍我一頓？」他大聲說：「你難道聽不出我剛才罵的是你？而且把你罵得像龜孫子一樣。」

「我是不是你罵的那種龜孫子？」

「你不是。」胡鐵花不能不承認：「是我罵錯了人。」

「你既然知道你自己罵錯了人，心裡一定會覺得難受得很，如果我真的揍你一頓，你反而會覺得舒服些。」楚留香微笑：「你說對不對？」

胡鐵花用一雙已經喝得像兔子一樣的紅眼睛瞪著他看了半天，忽然大笑：「你這個老臭蟲，你真不是個好東西。從我認識你那一天，我就知道你不是好東西，只不過有時候你倒真他娘的是個好人。」

花姑媽好像也準備想溜了，想不到楚留香的目標又轉向她：「我能不能請你幫我一個忙？」

「你要我做什麼？」花姑媽有點驚訝了。

楚留香嘆了口氣：「你是胡鐵花的媽，我能要你幹什麼？我只不過想要你替我準備一輛車子而已。」

這個要求聽起來的確一點都不過分，大多數人都能辦得到的。

花姑媽總算鬆了一口氣，臉上又露出了甜笑：「你要什麼樣的車子？」

「我要一輛由葉財記特別監工製造的馬車，要車廂比普通馬車寬三尺，車輪比普通車輪寬三寸，行走起來特別平穩的那種。」楚留香說：「我要你在車廂裡替我準備兩罈真正二十年陳的女兒紅，兩罈兌酒用的新紹，七樣時鮮水果，七種上好的蜜餞，七品下酒的小菜，而且一定要用蘇州雪宜齋的七巧食盒裝來。」

他說：「因爲我想好好地喝點酒，喝完了好好地睡一覺。」

花姑媽雖然還在笑，笑得已經和哭差不多，想不到楚留香還有下文：「我還要用四匹每個時辰可以走一百五十里以上的好馬來拉這輛馬車，要用快馬堂訓練出的馬伕來趕車，每隔八百里就要換一次馬，馬伕當然也要先準備好替換的。」楚留香說：「我要你在一個時辰之內替我準備好這些事，因爲我相信你一定能辦得到的。」

「如果辦不到呢？」

楚留香又笑了笑：「那麼我就要問你，爲什麼一定要殺我滅口了，而且一定非要問清楚不可。」

花姑媽又笑不出來了。

「我要你這麼做，只因爲我要在一覺睡醒時，就已經到了一個地方，而且立刻可以看到一個人。」楚留香說：「這個地方當然是你知道的，這個人你當然也認得。」

「什麼地方？」花姑媽問：「什麼人？」

「玉劍山莊，杜先生。」

八 神秘的杜先生

山坡下的一片杜鵑已經開花了，遠處的青山被春雨洗得青翠如玉，一雙蝴蝶飛入花叢，又飛出來，庭園寂寂，彷彿已在紅塵外。

楚留香盤起了一條腿，坐在長廊外的石階上，幾乎不能相信自己真的已經到了玉劍山莊。

沒有人能輕易到這裡來，就算是那些身懷絕技，自視絕高的高手們，也沒有人敢妄越雷池一步，近年來玉劍山莊的威名之盛，幾乎已超越了江南武林的三大門派、四大世家。

可是現在他坐在這裡，看到的卻只是一片明媚淡雅的春光，完全不帶一點劍拔弩張的肅殺之氣，更沒有警衛森嚴的樣子。

楚留香用一根手指摸著鼻子，心裡已經不能不承認玉劍山莊的這位主人確實有他了不起的地方。

杜先生確實是這樣子的。

他是非常神秘的人，就像是奇蹟一樣忽然崛起於江湖，從來也沒有人知道他的往事和來歷，除了他的親信外，也沒有人能見到他。

但是每個人都知道，他在暗中統率著一股極可怕的勢力。他的下屬中有很多都是久已未在江湖中出現的絕頂高手，他們跟著他，就好像一個癡情的少女跟著她癡戀的情郎一樣，隨時都可以爲他去做任何事，隨時都可以爲他去死。

——這位神秘的杜先生是個什麼樣的人？究竟有什麼神秘的魔力？

楚留香已經在這裡等了很久了，只有他一個人在等，沒有胡鐵花。

因爲杜先生只答應見他一個人。

長廊盡頭，終於傳來一陣輕緩的跫音，一位穿著曳地長裙的婦人，用一種非凡優雅的風姿走了過來。

她的年華雖已逝去，卻絕不願用脂粉來掩飾她眼角的皺紋。

她的清麗與淡雅就像是遠山外那一朵悠悠地白雲，可是她的眼睛裡卻帶著一種陽光般明朗的自信。

楚留香彷彿忽然變得癡了。

他從未見過這樣的女人，也從未想到一個女人在青春消逝後還能保持這種非凡的美麗。

「楚香帥。」

她帶著微笑看著他，她的聲音也同樣優雅。

「前夕雨才停，香帥今天就來了，正好趕上了花開的時候。」

只可惜楚留香不是來賞花的。

「我知道杜先生一向很少見人，可是他已經答應見我。」楚留香絕不讓自己去看她的眼睛：「我相信杜先生絕不會是個言而無信的人。」

「我也相信他不會。」她嫣然而笑：「因為現在你已經看到他了。」

楚留香抬起頭，吃驚地看著她。

「你就是杜先生？」

「我就是。」她微笑：「現在你總應該相信我至少還不是個言而無信的人。」

光滑的檜木地板上擺著一張古風的低几，瓶中斜插著三五朵白色的山茶，已經開出有八片瓣的茶花。

楚留香沒有看花。

他在看著坐在他對面錦墩上的這個神奇、優雅而美麗的女人。

現在他就算用盡所有的力量不讓自己去看都不行了，就算要他的眼睛離開她一下子都困難得很。

「我知道你一定覺得很奇怪，其實一個女人被稱做先生也不能算是件奇怪的事，男人有時也會被稱為夫人的。」杜先生說：「戰國時就有位鑄劍的大師叫做徐夫人。」

楚留香又盯著她看了半天，忽然問：「你從來不願見人，是不是因為你不願讓人知道你是個女人？」

「也許是的。」杜先生淡淡地微笑：「也許只不過因爲我不願意讓別人像你這麼樣看著我而已。」

楚留香沒有笑，也沒有摸鼻子，可是他的臉卻居然紅了起來。

如果胡鐵花看到他現在的樣子，一定會大吃一驚。

要楚留香臉紅絕不是件容易的事，簡直就好像要拉一匹駱駝穿過針眼那麼不容易。

幸好杜先生並沒有再繼續討論這問題，她只問楚留香：「我也知道你一直忙得很，這次爲什麼一定要來見我？是不是爲了史天王和玉劍公主的婚事？」

「不是。」

楚留香決心要把自己的大男人氣概表現一點出來了，所以立刻大聲說：「你就是要把八十個公主嫁給史天王，也跟我完全沒有關係。」

「我只想幫我一個朋友找到他的女兒，一個曾經被人裝在箱子裡偷走的女孩子。」楚留香說：「我相信她一定在這裡。」

「什麼事跟你有關係？」

廊外的春風溫柔如水，春水般溫柔地暮色也已漸漸降臨。

杜先生靜靜地看著瓶中白色的山茶花，她的臉色看來也好像那一朵朵有八片瓣的茶花一樣，純雅、清麗、蒼白，一片片、一瓣瓣、一重重疊在一起。

花瓣忽然散開了。

眼。

她的手指忽然輕輕一彈，花瓣就散開了，花雨繽紛，散亂在楚留香眼前，散亂了楚留香的雙眼。

她的兩根手指間已拈起了一根花枝，花枝一抖，刺向楚留香的雙眼。

沒有人能形容她在這一瞬間使出的手法。

無法形容的輕巧，無法形容的優雅，無法形容的毒辣！

一種幾乎已接近完美的毒辣。

人間天上，或許也只有這麼樣一個女人才能使得出這種手法來。

楚留香的眼睛如果被刺瞎，也應該毫無怨尤了。

因爲他已經看見了這麼樣的一個女人，他這一生看見的已夠多。

白瓷的酒罈上用彩釉繪著二十朵牡丹。

這是真正的花雕，二十年陳的絕頂花雕，胡鐵花已盡一罈。

一罈已盡，還有一罈。

「你爲什麼不再喝？」花姑媽問他：「你也應該知道能喝到這種酒是很難得的。」

「好酒難得，好友更難得。」

胡鐵花敞開了衣襟，大馬金刀地坐在一個花棚下一張石桌前的一個石凳上。

「要是那個老臭蟲知道有這麼樣兩罈好酒都被我喝光了，不活活地氣死才怪，老臭蟲變成死臭蟲就不好玩了。」

「你要留一罈給他喝？」

「不是給他喝，是陪他喝，他喝酒雖然比倒酒還快，我也不慢，他喝半罈，我也不會少喝一點。」胡鐵花開懷大笑：「所以他喝下半罈時，我已經喝了一罈半。」

花姑媽用一種很奇怪的眼神看他，又用一種很特別的聲音問：「可是你怎麼知道他一定會來呢？」

「他爲什麼不會來？」

本來已經有了幾分醉意的胡鐵花忽然又清醒了，一雙眼睛忽然又瞪得比牛鈴還大。

「我肯替你們做這件事，因爲我知道這件不是壞事，要是我不能在五月初五之前把公主送到史天王那裡，那個狗屎天王就一定會殺過來，就算你們能擊退他，這一路上的老百姓的血也要流成河了。」

胡鐵花厲聲道：「可是你們只要敢動楚留香，我就先要把你們這個地方變成一條河，一條血流出來的河。」

花姑媽沒有說話。

她很少有不說話的時候，現在居然沒有說話，因爲遠方忽然有一陣縹縹緲緲、幽幽柔柔地琴聲傳了過來，一種無論任何人聽見，都會變得暫時說不出話的琴聲。

——一朵花開放時是不是也有聲音？有誰能聽得出那是什麼聲音？

——花落時是不是也有聲音？

花落無聲，腸斷亦無聲。

有聲即是無聲，無聲又何嘗不是有聲？只不過通常都沒有人能聽得清而已。

花落時的聲音，有時豈非也像是腸斷時一樣？

琴聲斷腸。

八重瓣的白色山茶花一片片飄落，飄落在光亮如鏡的檜木地板上，飄落在楚留香膝畔。

劍一般的花枝已刺在他的眉睫間，這一刺已是劍術中的精髓。

所有無法無相無情無義無命的劍法中的精髓。

這一劍已經是禪。

禪無情，禪無理，禪亦非禪。非禪也是禪，非劍也是劍。

到了某一種境界時，非禪的禪可以令人悟道，非劍的劍也可以將人刺殺於一刹那間。

楚留香卻好像完全不明白。

他連動都沒有動，連眼睛都沒有眨，就好像完全不知道這根花枝能將他刺殺於刹那間。

一彈指間就已是六十刹那。

如果這根花枝刺下去，那麼在一彈指間楚留香就已經死了六十次。

琴聲斷腸，天色漸暗。

花姑媽看胡鐵花，神情忽然變得異常溫柔，真的溫柔，從來都沒有人看見過的那麼溫柔。

「你醉了，你喝的本來就是醉人的酒，你本來就應該知道你會醉的。」

一陣風吹過，一瓣花飄落。

「花會開也會落，有花開時，就應該知道有花落時，因爲花就是花，既然不能不開，就不能不落。」花姑媽幽幽地說：「這就好像我們這些人一樣。應該醉的，就非醉不可，應該死的，也非死不可？」

胡鐵花忽然覺得自己好像真的醉了。

也不知道是因爲琴聲，還是花姑媽的聲音，也不知道是因爲酒，還是酒中某一種醉人的秘密，竟在這個他既不能醉也不會醉的時候讓他醉了。

可是他還能聽到花姑媽說的話。

「花開花落，人聚人散，都是無可奈何的事。」

她的聲音中確實有種無可奈何的悲哀：「人在江湖，就好像花在枝頭一樣，要開要落，要聚要散，往往都是身不由己的。」

一刹那的時間雖然短暫，可是在某一個奇妙的刹那間，一個人忽然就會化爲萬劫不復的飛灰，落花也會化作香泥。

現在天色已漸漸暗了，落花已走，千千萬萬的刹那已過去，劍一般的花枝，卻仍停留在楚留香的眉睫間，居然還沒有刺下去。

忽然間，又有一陣風吹過，落花忽然化作了飛灰，飛散入漸暗漸濃的暮色裡，那一根隨時可以將他刺殺於飛灰中的花枝，也一寸寸斷落在他眼前。

這不是奇蹟。

這是一個人在經過無數次危難後所得到的智慧與力量的結晶。

八重瓣的山茶花飄散飛起時，它的枝與瓣就已經被楚留香的內力變成了有形而無質的「相」。雖然仍有相，卻已無力。

杜先生的神色沒有變。沒有一點驚惶，也沒有一點恐懼。

因爲她知道寶劍有雙鋒，每當她認爲自己可以散亂對方的心神與眼神時，她自己的心神與眼神也同樣可能被對方散亂。

這其間的差別往往只不過在毫厘之間，如果是她對了，她勝，如果是她敗了，她也甘心。

「我敗了！」杜先生對楚留香說：「這是我第一次敗給一個男人。」

無論是勝是敗，她的風姿都是不會變的。

「既然我已經敗在你手裡，隨便你要怎麼樣對我都沒關係。」

楚留香靜靜地看著她，靜靜地看了她很久，忽然站起來，大步走了出去。

庭園寂寂，夜涼如水。

也不知道是在什麼時候，夜色已籠罩了大地，但空中已有一彎銀鈎般的新月升起。

等到楚留香再回過頭去看她時，她已經不在了。

可是琴聲仍在。

幽柔斷腸的琴聲，就好像忽然變成了一個新月般的釣魚鈎。

楚留香就好像忽然變成了一條魚。

——杜先生爲什麼要殺他？爲什麼不讓他見焦林的女兒？這其中究竟隱藏著什麼秘密？

他看得出杜先生對他並沒有惡意，可是在那一瞬間，卻下決心要將他置之於死地。

在她發現自己已慘敗時，甚至不惜用自己的身體來阻止楚留香：「隨便你要對我怎麼樣都沒關係。」說出這句話的時候，她的確已準備承受一切。她的眼睛已經很明白地告訴了楚留香。

一個中年女人克制已久的慾情，已經在那一瞬間毫無保留地表露出來，慘敗的刺激就好像是把快刀，已經剖開了她外表的硬殼。

在那一刻間，楚留香也不知道多少次想伸出手，去解她的衣襟。

衣襟下的軀體已不知道有多久未經男人觸摸了。

蒼白的胴體，蒼白柔弱甜蜜如處子，卻又充滿了中年女人的激情。

楚留香對自己坦白的承認，在他第一眼看到她時，心裡已經有了這種秘密的幻想和慾望。

可是每當他要伸出手來時，他心裡就會升起一種充滿了罪惡與不祥的兇兆，就好像在告訴他，如果他這麼樣做了，必將後悔終生。

這是爲了什麼？難道是因爲這一陣陣始終糾纏在他耳畔的琴聲？

直到現在，楚留香才能肯定地告訴自己：「是的，就是因爲這琴聲。」

幽柔的琴聲一直在重複彈奏著同一個調子。

在揚州的勾欄院中，在秦淮河旁，楚留香曾經聽著這種調子。

它的曲牌就叫做「新月」。

柔美的新月調，就像是無數根柔絲，已經在不知不覺中把楚留香綁住了。

奏琴的人身上是不是也有一彎新月？

琴聲來自一座小樓，小樓上的紗窗裡燈影朦朧，人影也朦朧。

樓下的門是虛掩著的，彷彿本來就在等著人來推門登樓。

楚留香推門登樓。

春風從紗窗裡吹進來，小樓上充滿了花香和來自遠山的木葉芬芳。梳著宮裝的高髻，穿一身織錦的華裳，坐在燈下奏琴的，正是那個曾經被人裝在箱子裡的「新月」。

「你果然來了。」

琴聲斷了，她冷冷地看著楚留香，冷得也像是天畔的新月。

「你知道我會來？」楚留香問她。

「我當然知道。」她說：「只要你還活著，就一定會來。」

琴弦又一彈：「自命風流的楚香帥應該聽得出我奏的是什麼調子。」她冷冷地說：「我只不過想不到你能活得這麼長而已。」

楚留香苦笑：「這一點連我自己都想不到，爲了不讓我見你，每個人好像都不惜用盡千方百計來要我的命，你自己好像也一直在逃避我。」他問她：「可是現在你爲什麼又要引我來？」

天上的新月無聲，燈下的新月也無語。

燈光雖然和月光同樣淡，楚留香還是能看得到她，而且看得很清楚。

這不是他第一次看到她，但是在那家客棧的房中，在那個神秘的箱子裡，在那種匆忙的情況下，楚留香注意到的只不過是她胸膛上的那一彎新月。

現在他才注意到她的臉，她的臉色也是蒼白的，帶著種無法形容的優雅與高貴，她的眼睛卻像是陽光般明朗，充滿了決心與自信。

她長得實在像極了一個人。

「我明白了！」

楚留香的聲音忽然變得嘶啞：「你要我來，只因爲你不願讓我再和杜先生在一起，因爲你已經想到她可能會做出來的事，這一次她沒有阻止我來見你，也是因爲她已經明白你的意思。」

要把這一類的事這麼直接地說出來，通常都會令人相當痛苦的。

她卻替楚留香說了下去，而且說得更直接：「不錯，杜先生的意思我明白，我的意思她也明白，因爲她就是我的母親，我就是她要送去給史天王的玉劍公主。」

楚留香忽然覺得很冷，很想喝酒。沒有酒。

遠處卻隱隱有春雷響起，那個一彎銀鉤般的新月已不知在何時被烏雲隱沒。

她的聲音也彷彿遠在烏雲中：「史天王要的是一位公主，不是一個落拓刺客的女兒。」她說：「每個人都知道我是一位公主，和那些落拓江湖的流浪人連一點關係都沒有，我要嫁給史天王，不但是我母親的意思，也是我自己心甘情願的，無論誰要來破壞這種事，時時刻刻都會有人去要他的命。」

她冷冷地問楚留香：「我要你來，就是爲了要告訴你這一點。現在你是不是已經明白了？」

「是的。」

「那麼你就趕快走吧！永遠不要再來見我，我也永遠不要再見你。」

胡鐵花夢見自己在飛。

能夠飛是件多麼奇妙的事，像鳥一樣自由自在地飛來飛去，飛過一重重山嶽，飛過一重重屋脊，飛過手裡總是拿著把戒尺的私塾先生的家，飛過那條拚了命也游不過去的小河，醒來時雖然還是軟綿綿地躺在床上，那種會飛的感覺卻還是像剛吃了糖一樣，甜甜地留在心裡。

很多人小時候都做過這種夢，胡鐵花也一樣。

只不過這一次他夢醒時，忽然發現自己真的在飛。

不是他自己在飛，是一個人用一條手臂架著他在飛，冷風撲面吹來，他的頭還是痛得要命，四下一片黑暗，什麼都看不見，只聽見一個人說：「謝天謝地，你總算醒了，能把你弄醒真不容易。」

這個人當然就是楚留香。

胡鐵花喝醉了的時候，除了楚留香之外，還有誰能想得出什麼法子弄醒他？要讓一個死人復活也許還比較容易一點。

「你這是什麼意思？」胡鐵花的火大了：「我明明好好地睡在床上，你把我弄起來幹什麼，你是個烏龜還是個王八？」

一個人喝醉了之後，如果能舒舒服服地睡到第二天下午，這種人才是有福氣的人，如果三更半夜就被人弄醒，就難怪他會火冒三丈了。

楚留香也喝醉過，這種心情當然明白，所以就不聲不響地讓他罵，讓他罵個痛快。

能夠這麼樣罵楚留香實在是非常過癮，非常好玩的。

不好玩的是，這個老烏龜挨了罵之後，速度反而更快了，不但比烏龜快，也比兔子快，甚至比十隻兔子在狐狸追逐下奔跑的速度加起來還快。

這個世界上大概已經找不出第二個這麼快的人。

胡鐵花吃不消了，口氣也軟了，罵人的話也全都從那顆已經痛得快要裂開的腦袋裡，飛到九霄雲外，只能呻吟著問：「你究竟想幹什麼？」

「我什麼都不想幹。」楚留香說：「只不過想有個人陪我散散步而已。」

「散步？」胡鐵花大叫了起來。「難道我們現在是在散步？」

他的聲音就好像一個垂死的人在慘叫：「我的媽呀，我的老天，像你這麼樣散步，我這條老命非被你散掉不可。」他問楚留香：「我們能不能不要再散步了？能不能坐下來談談話，聊聊天？」

「能。」

楚留香往前衝的時候雖然好像是一根離了弦的箭，可是說停就停。

他停下來的地方剛好有一棵樹，樹枝上雖然沒有啼聲亂人好夢要被人打起來的黃鶯兒，樹下卻剛好有一片春草。

胡鐵花一下子就躺在草地上，除非有一根大棒子打下去，他是絕不會起來的了。

「你是要聊天，還是要睡覺？」楚留香說：「要不然我們再去散散步也行。」

「誰要睡覺？王八蛋才要睡覺。」

胡鐵花就好像真的挨了一棒子，一骨碌就從地上坐了起來：「你要談什麼？談談杜先生好不好？你有沒有見到他？有沒有見到焦林的女兒？」

「都見到了。」

「那位焦姑娘怎麼樣？長得是不是很美？」

「不但美，而且聰明。」楚留香凝視遠方黑暗的穹蒼：「焦林一定想不到他有這麼樣一個好女兒。」

「然後呢？」

「然後我就走了。」

胡鐵花嘆了口氣：「你爲什麼不陪她多聊聊？爲什麼急著要走？」

「不是我要走，是她要我走的。」

「她要你走你就走了？」胡鐵花故意嘆氣：「你幾時變得這麼聽話的？」

「就在我開始明白了的時候。」

「明白了什麼？」

「應該明白地事，我大概都明白了。」楚留香說：「連不應該明白地事我都明白了。」

「近年來東南沿海一帶常有倭寇海盜侵掠騷擾，得手後就立刻呼嘯而去，不知形蹤，下一次也不知道是在什麼時候會有，如果等大軍來鎮壓，軍餉糧草都是問題，而且難免擾民，何況那些流竄不定的盜賊，也未必是正統軍旅所能對付的。

所以朝廷就派出了位特使，以江湖人的身分，連絡四方豪傑，來對付這些流寇。這個人的權力極大，責任也極重，身分更要保持秘密，但是為了對官府來往時的方便，又不能不讓人知道他是個身分很尊貴的人。

在這種情況下，朝廷只有假借一個理由，賜給他一種恩典，將他的女兒冊封為公主。雖然是名義上的公主，卻已足夠讓人對他們另眼相看了。」

聽到這裡，胡鐵花才忍不住問：「你已經知道這個人就是杜先生？」

「是的，我已經知道了。」楚留香反問：「可是你知道這位杜先生是誰麼？」

「他是誰？」

「杜先生就是焦林以前的妻子，玉劍公主就是焦林的女兒。」

胡鐵花的手已經摸到鼻子上了。

楚留香又接著說：「她實在是個很了不起的女人，我雖然不明白她離開焦林後，怎麼會跟大內皇族有了來往，可是朝廷能重用她，絕不是沒有理由的。

沿海的流寇漸漸被她壓制，漸漸不能生存，這時候東南海上忽然出現了一個遠比昔年『紫鯨幫』的海闊天更有霸才的梟雄，於是這些已無法獨立生存的小股流寇，就只有投靠到他的旗下。」

楚留香嘆息：「寶劍有雙鋒，凡事有其利必有其弊。杜先生雖然肅清了岸上的遊民流寇，卻造成了史天王海上的霸業。

現在他的力量已經漸漸不是杜先生所能對付的了，爲了安撫他，杜先生只有答應他，把自已的女兒玉劍公主作爲休兵的條件，這當然也是逼不得已的一時權宜之計。」

「這道理我也明白。」胡鐵花也在嘆著氣：「所以我才肯做這件事。」

「可是有些人卻不明白，不但那些熱血沸騰的江湖豪傑會挺身而出，史天王的屬下中一定也有些人會來阻止。」

「爲什麼？」

「因爲他們早就想殺上岸來大撈一筆了，史天王如果要了玉劍公主，他們還有什麼機會？」楚留香接著說：「東洋的倭寇們也早就想讓史天王與杜先生火併一場，等到雙方兩敗俱傷時，他們才好坐收漁利，當然也不會讓這門親事成功的。」

「你早已看出那個東洋姑娘就是他們派來的人？」胡鐵花問。

「本來我還不能完全明白其中的關鍵，可是現在我已經想通了。」

楚留香苦笑：「杜先生要將我置之死地，也只不過是爲了生怕我洩露玉劍公主身世的秘密，破壞了這門婚事。玉劍公主爲了顧全大局，不惜犧牲自己，我既然已經明白了這些事，還能有什麼話說？」

「所以她要你走，你就只有走？」

「是的。」楚留香淡淡地說：「她要我走，我只有走，她不要我走，我也會走。」

「是不是因爲你已經不想再管這件事？也不管她了？」

楚留香淡淡地笑了笑：「你要我怎麼管？難道要我代替她去嫁給史天王？」

胡鐵花瞪著他，搖頭嘆息：「你這個人實在愈來愈不好玩了，以前你不是這樣子的，不管遇到多困難的事，你都不會退縮，不管遇到多可怕的對手，你都會去拚一拚。」他冷笑：「想不到現在你居然變成了個縮頭烏龜。」

楚留香居然一點都不生氣：「幸好你還沒有變，一定還是會去做好你答應了別人的事。」

「我當然會去做。」胡鐵花大聲道：「你也用不著管我，要走就快點走。」

「臨走之前，我們能不能再喝一次酒？」楚留香笑得彷彿也有點凄涼：「我恰巧知道這附近有幾罈好酒。」

酒已經喝得不少了，一個人一罈，坐在一棟高樓的屋頂上，用嘴對著罈子喝。

平時喝了點酒之後，胡鐵花的話比誰都多，今天卻只喝酒，不說話。

他好像已經懶得跟楚留香這種人說話。

楚留香卻顯得很愉快地樣子，話也比平時說的要多得多。

胡鐵花板著臉聽了半天，才板著臉問：「你說完了沒有？」

「還沒有。」

「你想說什麼？」

楚留香仰起脖子，灌了幾大口烈酒進去，忽然用一種奇怪的聲音說：「我還想告訴你一件事，一件別人都不太明白地事，我也從來沒有跟你說起過。」

「每個人都知道我們是好朋友，都認為我對你好極了，你出了問題，我總會為你解決，連你自己說不定都會這麼樣想。」楚留香笑了笑：「只有我自己心裡明白，情況並不是這樣子的。」

他又捧起酒罈喝了幾大口，喝得比平時還快。

「其實你對我比我對你好得多。你處處都在讓我，有好酒好菜好看的女人，你絕不會跟我爭，我們一起去做了一件轟轟烈烈的大事，成名露臉的總是我，其實你也跟我一樣是去拚了命的。」楚留香說：「只不過拚完命之後你就溜了，溜到一家沒人知道的小酒舖去，隨便找一個女人，還要強迫自己承認你愛她愛得要死。」

胡鐵花開始大口喝酒了，拚命地喝。

「你這麼做，只不過因為我是楚留香，胡鐵花怎麼能比得上楚留香？鋒頭當然應該讓楚留香去出。」

他用一雙喝過酒之後看來比平時更亮的眼睛瞪著胡鐵花：「可是現在我要告訴你，你錯了，大錯而特錯。」楚留香的聲音也變大了：「現在我一定要讓你知道，胡鐵花絕對沒有一點比不上楚留香的地方，沒有楚留香，胡鐵花的問題一樣可以解決，一樣可以活下去，而且活得要比以前好得多。」

他的眼睛瞪得更大：「如果你不明白這一點，你就不是人，你就是條豬，死豬。」

酒罈已經空了。

胡鐵花忽然站起來，用力把酒罈子遠遠地摔出去，瞪著楚留香大罵：「放你的屁，你說的話全是放屁，比野狗放的屁還臭一百倍。」

他罵得雖然兇，眼睛裡卻彷彿已有熱淚將要奪眶而出：「現在我也要告訴你，如果你以爲我不明白你放這些屁是什麼意思，你也錯了。」

「你明白我的意思？」楚留香冷笑：「你明白個鬼。」

「我不明白誰明白？」胡鐵花說：「你故意裝作漠不關心的樣子，不過是想瞞著我，一個人去找史天王去拚老命。」

他握緊雙拳，忍住熱淚：「你承不承認？要是你不承認，我就一拳打死你。」

楚留香也跳了起來，用力甩出了酒罈子，握緊雙拳，瞪著他：「就算我要去，跟你也沒有關係，我去做我的事，你去做你的事，你亂發什麼狗熊脾氣！」

兩個人你瞪著我，我瞪著你，拳頭全部握得緊緊地，好像真的準備要拚命地樣子。

也不知道過了多久，也不知道是在什麼時候，這兩對鐵打的拳頭已經握在一起。

「你真不是個東西。」

「我本來就不是東西，你也不是，我們都是人。」

「你不是人，你是我肚子裡的蛔蟲，否則你怎麼會知道我要去幹什麼？」

「因爲我了解你。」胡鐵花說：「我簡直比你老子還了解你。」

說完了這句話，他自己先笑了，兩個人全都笑了，連一里外的人都被他們的笑聲吵醒。

他們要笑的時候就拚命地笑，要喝的時候就拚命地喝。

真的要去拚命時，也毫無猶豫。

「好。你去拚你的命，我去拚我的。只不過真的有人想把我們這條命拚掉，大概還不太容易。」

「你的命拚掉，還有我的。我的命拚掉，還有你的。誰能拚得了？」

「誰都不行。」

九　暴雨中的殺機

霹靂一聲，春雷又響起。傾盆的暴雨就像是積鬱在胸中已久的怒氣，終於落了下來。

一道道閃電撕裂了黝黑的穹蒼，一顆顆雨點珍珠般閃著銀光，然後就變成了一片銀色的光幕，籠罩了黑暗的土地。

現在本來已經應該是日出的時候了，可是在沒有閃電的時候，天地間卻更黑暗。

楚留香站在暴雨下，讓一粒粒冰雹般的雨點打在他身上，打得真痛快。

他已經閒得太久了，這兩年來，除了品茶飲酒看月賞花踏雪外，他幾乎沒有做過別的事。

這個世界上好像已經沒有能夠讓他覺得刺激、值得他冒險去做的事，也不再有那種能夠讓他掌心冒汗的人。

可是現在有了。

現在他的對手是縱橫七海，不可一世的史天王，是個從來沒有被任何人擊敗過的人。

想到將要去面對這麼樣一個人時的興奮與刺激，楚留香胸中就有一股熟悉的熱意升起，至於成敗勝負生死，他根本就沒有放在心上。

冒險並不是他的喜好，而是他的天性，就好像他血管裡流著的血一樣。

雨勢更大，楚留香灑開大步往前走，走出了城，走上了山坡下無人的泥濘小徑。

他故意走到這裡來的。因為他剛才忽然感覺到一種強烈的殺氣。

他看不見、嗅不出也摸不到，可是他感覺得到，他的感覺就像是一頭豹子嗅到血腥時那麼靈敏正確。

血腥氣能把暴雨沖淡，殺氣也一樣。

奇怪的是，這一次他感覺到的殺機在暴風雨中反而顯得更強烈。

這一次他無疑又遇到一個極奇怪而可怕的對手了，正窺伺在暗中，等著要他的命。

他不知道這個人是誰，也不知道為什麼要殺他，他只知道這個人只要一出手，發出的必定是致命的一擊，很可能是他無法閃避抵擋的。

可是他非但沒有退縮恐懼，精神反而更振奮。

他等著這個人出現，就彷彿一個少女在等著要見她初次約會的情人。

現在他已經走上了無人的山坡，山坡上黑暗的樹木和猙獰的岩石都是一個暗殺者最好的掩護。

他所感覺到的殺機也更強烈了，可是他在等的人卻還沒有出現。

這個人還在等什麼？

這個世界上有種人好像天生就是殺人的人。

他們是人，不是野獸，但他們的天性中卻有熊的沉著、狼的殘暴、豹子的敏捷、狐狸的狡黠與耐性。

這個人無疑就是這種人。

他還在等，只因爲他要等最好的機會。

楚留香就給了他這麼樣一次機會。

雷霆和閃電的間歇是有定時的，楚留香已經算準了這其間的差距。

所以他忽然滑倒了。

就在這一瞬間，閃電又亮起，黑暗的林木中忽然蝙蝠般飛出了一條黑色的人影。

閃電過處，霹靂擊下。

從撕裂的烏雲中漏出的閃電餘光裡，剛好可以看見一道醒目的刀光，隨著這一聲霹靂春雷凌空下擊，挾帶著天地之威，斬向楚留香的頭顱。

這是必勝必殺的一刀。

這一刀彷彿已經和這一聲震動天地的春雷溶爲了一體。

不幸的是，楚留香並沒有真的滑倒，只不過看起來像是滑倒了的樣子而已。

這種樣子並不是容易裝得出來的。

就好像某些武功中某些誘敵的招式一樣，這一滑中也蘊藏著一種無懈可擊的守勢，一種可進可退的先機。

所以這一刀斬空了。

天地又恢復一片黑暗，無邊無際的黑暗中，楚留香又看不見這個人了。

可是這個人也同樣看不見楚留香。

就算他能夠像最高級的忍者一樣，能在黑暗中看到很多別人看不見的事，可是他也已看不見楚留香。

因爲楚留香閃過了這一刀之後，就忽然奇蹟般失去了蹤跡。

電光又一閃。

一個以黑巾蒙面的黑衣人站在山坡上，黑巾上露出的雙眼中帶著一種冷酷而妖異的光芒，以雙手握著柄奇形的長刀，刀尖下垂，動也不動地站著，可是全身上下無一處不在伺機而動。

只要楚留香一出手，他勢必又將發出凌厲無匹的一擊。

楚留香沒有出現。

閃電又亮起，一閃，再閃。

這個人還是動也不動地站在那裡，保持著同樣的姿勢。

他不能動，也不敢動。

因爲現在情況已經改變了，他的對手已經取代了他剛才的優勢，就好像他剛才一樣在暗中窺伺著他，隨時都可能對他發出致命的一擊。

只要他一動，他這種幾乎已接近完美無瑕的姿勢就會被破壞。

那一瞬之間，就是他生死勝負間的關鍵。

他不敢冒這種險。

雨勢忽然弱了，天色忽然亮了，他雖然還是動也沒有動，可是他那雙冷酷而鎮定的眼睛卻已在動搖。

他的精力已經消耗得太多。

面對著一個看不見的對手，面臨著一種隨時都可能會發生，但卻無法預料的情況，他的精氣與體力遠比他在揮刀斬殺時消耗得更大。

更可怕的是，他的精神也已漸漸接近崩潰。

他無法承受這種壓力，沒有人能承受這種壓力，他的眼神已散亂，他手裡那柄刀尖指向大地，也如大地般安然不動的長刀忽然高舉。

就在這時候，暗林中忽然傳出一聲長長地嘆息：「你死了，你已經死了。」

一個人用一種充滿了哀傷和感嘆的聲音說：「如果楚香帥也跟你一樣是個殺人的人，那麼你現在就已經是個死人了。」他嘆息著道：「我實在想不到號稱無敵的伊賀第一忍者春雷伊次，這一次居然敗得這麼慘，楚香帥還沒有出手，你就已敗在他手裡，實在太可惜。」

說到最後一句話時，這個人的聲音已去遠。

伊賀春雷忽然坐了下去，坐在泥濘裡，忽然從腰帶上抽出另一柄短刀，一刀刺入了他自己的肚子。

暗林中卻有個撐著把鮮紅油紙傘的姑娘輕輕巧巧地走了出來，穿著件繡滿了櫻花的小坎肩。刀鋒自左向右在劃動，鮮血箭一般噴出。

這位櫻子姑娘卻連看都沒有去看一眼，卻向遠遠地一棵大樹上盈盈一笑，盈盈一禮：「楚香帥，今夜掌燈時，有人會在忘情館的情姑娘那裡恭候香帥的大駕，我也希望香帥能去，卻不知道香帥敢不敢去？」

晶亮的水晶杯，精美的七弦琴，粉壁上懸著的一副對聯也不知出自哪一位才人的手筆。

「何以遣此，

誰能忘情？」

一個枯瘦矮小的白髮老人，用一種溫和高雅而有禮的態度向楚留香舉杯爲敬。

「在下石田齋彥左衛門，雖然久居東瀛小國，卻也久慕香帥的俠名。」老人說：「今日凌晨，在下更有幸能目睹香帥以無聲無形無影的不動之劍，戰勝了伊次勢如春雷的刀法，使在下領悟了以靜制動，以不變應萬變的武藝妙諦，也使在下大開了眼界。」

他已經很老了，身體已經很衰弱，說話的口音也很生澀。可是一個來自異國的老人能夠說出這樣的漢語已經很不容易。

聽他的說話，就可以聽出他對漢學和武道的修養都極深，看他那一雙炯炯有光的眸子，也可以看出他那衰弱的身體裡，還是有極堅強的意志，和一種不可侵犯的尊嚴和信心。

楚留香微笑：「石田齋先生真是太客氣了，只可惜我是個不太會客氣的人，而且有種病。」

「香帥也有病？」老人問：「什麼病？」

「頭痛病。」楚留香說：「我一聽見別人說客氣話，就會頭痛得要命！」

老人也笑了。

「那麼我就直話直說。」石田齋問楚留香：「你知不知道是誰要伊次去殺你的？」

「我知道，是你。」

「我爲什麼要他去殺你呢？」

老人自己回答了這個問題：「因爲我要知道你是不是真有傳說中那麼大的本事。」

「你爲什麼要知道這一點？」

「因爲我要你替我去殺一個人。」

「殺誰？」

「史天王。」

「你爲什麼要殺他？」楚留香問：「爲什麼不留著他來對付我們？」

「我要殺他，只不過是我跟他私人之間的一點點恩怨而已。」老人說話的態度還是那麼溫和：「我已經活得太久了，現在我活著唯一的願望，就是希望能看到他比我先死。」

他用一雙炯炯有神的眼睛凝視著楚留香。

「要他死當然很不容易，唯一能做到這件事的人，可能就是你。」石田齋說：「但是我也知道要你做這件事也同樣不容易。」

他忽然拍了拍手，櫻子姑娘立刻捧著口箱子進來了。

「我知道她用三十萬兩買了口箱子。」老人說：「可是我相信這口箱子大概還不止三十萬兩。」

他打開箱子，裡面是滿滿一箱明珠碧玉。

楚留香嘆了口氣：「這口箱子大概最少也要値一百五十萬兩。就算這是賊贓，拿去賣給收贓的人，也可以賣七、八十萬兩。」

老人拊掌而笑：「香帥的眼光果然高明極了，只不過我估價的方法卻和香帥有一點不一樣。」

「哪一點不一樣？」

「我是用人來估價的。我一向喜歡以人來估價。」石田齋說：「我估計這口箱子大概已足夠買到三千個黃花處子的貞操，也足夠能買到同樣多的勇士去替我拚命了。」

箱子裡的珠光寶氣在燈光下看來更輝煌，連楚留香都彷彿已看得癡了。

石田齋瞇起了眼，看著楚留香。

「現在這口箱子已經是你的。」老人說：「如果你辦成了我要你去辦的那件事，另外還有一口同樣的箱子也是你的。」

楚留香笑了，忽然也拍了拍手，「小情，你在哪裡？你能不能進來一下？」

小情當然能進來。

如果她不在這裡，這裡怎麼會叫忘情館？如果這裡沒有小情，還有誰會到這裡來？

小情其實並不能算太美，她的眼睛不算大，嘴也不算小，而且顯得太瘦了一點。

可是她總是能讓人忘不了她。

因爲無論誰看見她，都會覺得她好像有一點特別的地方，和任何女人都不同的地方，和任何女人都不一樣。

她當然也有些地方和別的女人一樣，看見了珠寶，她的眼睛也一樣會發亮。

「這口箱子裡的東西最少值一百五十萬兩。」楚留香說：「要是這位老先生肯把這口箱子給你，你肯不肯陪他睡覺？」

「我怎麼會不肯？」

小情聲音柔柔地，軟軟地。

「我做的本來就是這種事，做我們這種事的女人，一輩子都賺不了這麼多，如果一天晚上就能賺這麼多，不管叫我幹什麼都行。」她柔柔地嘆了口氣：「只可惜今天晚上我恐怕沒法子賺了。」

小情軟軟地靠在楚留香身上，用一根軟軟地手指替他摸著他自己的鼻子：「因爲今天晚上有你在，我要陪你。」

石田齋的臉色忽然變得煞白，因爲他已經明白楚留香的意思。

楚留香已經用一根硬硬的手指把這口箱子推了過去，推到他面前。

「看起來，今天晚上你好像已經沒有希望了，不管你是要找人陪你睡覺，還是要找人替你拚命，都沒有希望了。」

他的笑容也同樣溫和文雅而有禮。

「所以你最好還是走吧！帶著你這口箱子走，而且最好快一點走。」楚留香帶著笑說：「因爲我可以保證，明天晚上你恐怕也一樣沒有希望的。」

還不到三更，楚留香就已經睡著了，不是睡在小情的床上，是睡在一輛馬車上。

他喜歡在車上睡覺，一覺醒來，已經到了另一個地方，說不定是個他從未到過的陌生地方，這種感覺也是很有趣的。

坐車和睡覺本來都是很浪費時間的事，而且很無聊，經過他這麼樣一混合之後，就變得有趣了。

世界上有很多事都是這樣子的，生命中本來就有很多不如意、不好玩的事會發生，誰都無法避免，可是一個真正懂得享受生命的人，總會想法子去改變它。

車輕馬健，走得很快，楚留香卻還是睡得很熟。

忽然間，車窗被輕輕推開，一個人如蛇般從車頂上滑了進來。腰肢纖細柔軟而靈活，一雙修長結實的腿充滿了彈力，輕輕巧巧地在楚留香對面坐下，用一雙黑白分明的大眼睛看著他，已經看了很久。

楚留香卻好像完全不知道。

他睡得就像是隻懶貓，要把一條睡著了的懶貓叫醒實在很不容易，可是我們這位陰魂不散的櫻子姑娘總是有她的法子的。

她決心要先讓這條懶貓嗅到一點魚腥味。

一條貓嗅到魚腥的時候還不會醒，那麼這條貓就不是懶貓，是死貓了。

這裡又沒有魚，哪裡來的魚腥味？

櫻子只有先把自己變成一條魚，一條像楚留香這種懶貓最喜歡的魚。

楚留香果然很快就已經開始受不了。

他的眼睛雖然還是閉著的，可是他的手已經捉住了她的手。

「不可以這樣子，我會打你屁股的。」

櫻子吃吃地笑了：「我就知道你沒有真的睡著，可是你如果再不睜開眼睛來，我說不定就要把你吃下去了。」

貓吃魚，魚有時也會吃貓，不但會吃貓，還會吃人。

楚留香嘆了口氣，總算睜開了眼睛，而且已經開始在摸鼻子：「你能不能告訴我，爲什麼一定要把我吵醒？爲什麼不能讓我睡一覺？」

「我睡不著，你也不能睡。」

「你爲什麼睡不著？」

「我有心事。」

「你也有心事？」楚留香好像覺得很奇怪：「你怎麼會有心事？」

「因爲我聽到了一些本來不應該聽到的話。」櫻子說：「你本來也不會讓我聽到這些話的，只可惜那天晚上你坐在屋頂上喝酒的時候，喝得太痛快了，竟忘了附近有個學過十七年忍術的女人，也跟你一樣，是個偷聽別人說話的專家。」

楚留香苦笑：「那天我們說的話你全都聽見了？」

「就因爲我聽見了，所以才奇怪。」櫻子說：「你自己明明已決心要去找史天王，石田齋要你去的時候，你爲什麼反而要拒絕他？那是一百五十萬兩銀子，可不是一百五十兩，你爲什麼不收下來？難道你認爲他的人太好了，不忍心拿他的銀子？」

「也許是的。」

「那你爲什麼又硬要從我這個可憐的女人身上弄走三十萬兩呢？」

「因爲你不但要偷看別人洗澡，而且還要把別人裝到箱子裡去。」

櫻子盯著他看了半天，才輕輕嘆了口氣：「我知道你說的不是真話，你不肯收石田齋的銀子，只不過因爲你討厭他那種人，不願意替他做事而已。」櫻子說：「如果你討厭一個人，就算他把銀子堆在你的面前，堆得比山還高，你也不會去看一眼的。」

楚留香笑了：「這麼樣說來，我既然肯要你的銀子，當然是因爲我喜歡你了。」

櫻子又盯著他看了很久，忽然說：「我也喜歡你，我比誰都喜歡你，當然也比那位公主更喜歡你，我也知道你喜歡我是假的，我喜歡你卻一點不假。」

她抓住楚留香的手，不讓楚留香去摸鼻子。

「可是我實在不明白你是個什麼樣的人。」櫻子說：「石田齋要對付史天王，只因爲史天王搶去了他的愛妾豹姬，你呢？你爲的是什麼，難道真的是爲了那位公主？」

楚留香不回答，卻反問：「史天王搶走了石田齋的愛妾，所以他才要你去偷史天王的公主，可是玉劍山莊裡高手如雲，你怎麼能把她裝進箱子偷走的？」

「三個月前我就想法子接替了香兒的差使。」櫻子又解釋道：「香兒就是專門伺候公主洗澡的丫頭。」

她眨著眼笑道：「你大概也知道那位公主是個很喜歡乾淨的人。換下來的衣服很少再穿第二次，常常要我把一箱子一箱子的舊衣服拿出去送人。這已經不是第一次了。」

「只不過這一次你拿出來的那口箱子裡裝的不是舊衣服，而是穿衣服的人。」楚留香嘆了口氣：「聽你說起來，這件事好像簡單得很。」

「本來就簡單得很。」櫻子說：「世上有很多看起來很複雜困難的事，其實都是這麼簡單的。」她的表情忽然變得很嚴肅：「只不過如果有人想混上史天王那條名字叫做『天王號』的大海船，那就沒有這麼簡單了，就算是無所不能的楚留香，恐怕也一樣辦不到。」

「哦！」

「一個月裡，他總有二十多天住在那條船上，如果你上不了那條船，就根本見不到他的人，如果你根本不知道船在哪裡，怎麼能上得了船？」

「有理。」楚留香承認：「要做到這件事實在不簡單。」

櫻子卻又笑了，笑得就像是朵盛開的櫻花。

「幸好問題還是可以解決的。」她說：「不管多困難的事，總有法子可以解決。」

「怎麼解決？」

「你只要能找到一個有辦法的人幫你的忙，問題就解決了。」

「誰是這個有辦法的人？」

「我！」

櫻子用一根白白柔柔細細的手指，指著她那個玲瓏小巧的鼻子：「這個有辦法的人就是我。」

楚留香也笑了，笑得比櫻子還愉快。

「這麼樣看起來，我的運氣好像還不錯，居然能遇到你這麼一個有辦法的人。」

「我早就聽說你的運氣一向都好得很。」

「可是你爲什麼要幫我這個忙？」

「第一，因爲我高興；第二，因爲我願意。」櫻子用一雙彷彿已將滿出水來的笑眼看著楚留香：「第三，因爲我喜歡你。」

「你怎麼會忽然變得這麼喜歡我的？」楚留香還是笑得很愉快：「是不是那位石田齋先生又花了幾十萬兩銀要你來喜歡我？」

「你怎麼能這樣子說話？」櫻子有點生氣了：「你爲什麼總是要把我看成一個無情無義的女人？」

「我知道你又有情，又有義，我也知道，如果沒有你，這件事我是絕對辦不成的。」楚留香柔聲道：「可是你知不知道現在我最想做的一件事是什麼事？」

「我不知道。」櫻子眨著眼，聲音比蜜糖還甜：「我真的不知道。」

「我相信。」楚留香的聲音更溫柔：「我相信你非但不知道，而且連想都想不到。」

櫻子媚眼如絲：「也許我知道呢？我早就想到了呢！」

她沒有想到。

因爲她這句話剛說完，楚留香就已經推開車門，把她從車廂裡像拋球一樣拋了出去。

十 事如春夢了無痕

這是條精美的三桅船，潔白的帆、狹長的船身，堅實而光潤的木質給人一種安定迅速而華麗的感覺。

陽光燦爛，海水湛藍，海鷗輕巧地自船桅間滑過，遠處的海岸已經只剩一片朦朧的灰影，船艙下不時傳來嬌美的笑聲。

這是他自己的世界，絕不會有他厭惡的訪客。

他已經回來了，正舒舒服服地躺在甲板上，喝著用海水鎮過的冰冷的葡萄酒。

只可惜這時候車馬忽然停下，他的夢又醒了。

楚留香嘆了口氣，懶洋洋地坐起來，車窗外仍是一片黑暗，距離天亮的時候還早得很。

——車馬爲什麼要在這時候停下？難道前面又出了什麼事？

楚留香已經發現有點不對了，就在這時，車廂的門忽然被人從外面拉開。一條黑凜凜的大漢鐵塔似站在車門外，赤膊、禿頂、左耳上掛著個閃亮的金環，身上的肌肉一塊塊凸起，黑鐵般的胸膛上刺著條人立而起的灰熊，大漢的肌肉彈動，灰熊也彷彿在作勢撲人。

三更半夜，荒郊野地，驟然看到這麼樣一條兇神惡煞的大漢，實在很不好玩。

楚留香又嘆了口氣：「老兄，你這是什麼意思？要是我的膽子小一點，豈非要被你活活嚇死？」

大漢也不說話，只是用一雙銅鈴般的大眼瞪著他。

楚留香只有再問他：「你是不是來找我的？」

大漢點了點頭，卻還是一聲不響。

「你知道我是誰？來找我幹什麼？」楚留香又問：「你能不能開一開你的尊口說句話？」

大漢忽然對他咧嘴一笑，終於把嘴張開了，露出了一嘴野獸般的森森白牙，就好像要把楚留香連皮帶骨一口吞下去。

楚留香嚇了一跳，倒不是因爲他的樣子可怕而嚇一跳。

就算他真的要吃人，楚留香也不是這麼容易就會被吃掉的人。

楚留香之所以被他嚇了一跳，只不過因爲他忽然發現這條大漢的嘴裡少了樣東西，而且是樣最不能少的東西。

這條大漢的嘴裡居然只有牙齒，沒有舌頭。

他的舌頭已經被人齊根割掉了。

楚留香苦笑：「老兄，你既然不能說話，我又不知道你想幹什麼，你說怎麼辦？」

大漢又咧開嘴笑了笑，看起來對楚留香好像沒有惡意，而且好像還在儘量表現出很友善的樣子，但卻忽然伸出一雙比熊掌還大的大手去抓楚留香。

原來這條四肢發達的大漢頭腦也不簡單，居然還懂得使詐。

可是楚留香當然不會被他抓住了，這一點小小的花樣怎麼能騙得過聰明絕頂的楚香帥？

就算他的手再大十倍，也休想沾到楚留香一點邊，就算有十雙這麼大的手來抓他，楚留香也依然可以從容游走，揮手而去。

令人想不到的是，輕功天下無雙的楚香帥，居然一下子就被他抓住了。

這雙手就好像是兇神的魔掌，隨便什麼人都能抓得住，一抓住就再也不會放鬆。

密林裡有個小湖，湖旁有個水閣，碧紗窗裡居然還有燈光亮著，而且還有人。

這個人居然就是楚留香。

佈置精雅的水閣裡，每一樣東西都是經過細心挑選的，窗外水聲潺潺，從兩盞粉紅紗燈裡照出來的燈光幽美而柔和。

一張彷彿是來自波斯宮廷的小桌上，還擺著六碟精緻的小菜和一壺酒。

杯筷有兩副，人卻只有一個。

楚留香正坐在一張和小桌有同樣風味的椅子上，看著桌上的酒菜發怔。

他一把就被那大漢抓住，只因爲他看得出那大漢對他並沒有惡意，抓的也不是他的要害。

他當然也有把握隨時能從那大漢的掌握中安然脫走。

最重要的一點還是，他實在很想看看那大漢究竟要對他怎麼樣。

但是直到現在，他還是不明白那大漢究竟是什麼意思？

他把楚留香架在肩上，送到這裡來，替楚留香扯直了衣服，拿了張椅子讓楚留香坐下，又對楚留香咧嘴一笑，用最支吾的態度拍了拍楚留香的肩，然後就走了。

——他這是什麼意思，是誰要他把楚留香送到這裡來的？

——這地方的主人是誰？人在哪裡？

楚留香連一點頭緒都沒有。

碧紗窗外星光朦朧，他推開窗戶，湖上水波粼粼，滿天星光彷彿都已落入湖水中。

天地間悄然無聲，他身後卻傳來了一陣輕輕的足音。

楚留香回過頭，就看到了一彎足以讓滿天星光都失卻顏色的新月。

「是你？」楚留香儘量不讓自己顯得太驚訝：「你怎麼會到這裡來的？」

新月的眼波也如新月。

「我常到這裡來。」她幽幽地說：「每當我心情不好的時候，就會到這裡來。」

她忽然笑了笑，笑容中帶著種說不出的寂寞。

「車子的輪軸常常都需要加一點油，人也一樣，往往也需要一個人靜下來想一想。」她說：「有時候，寂寞就像是加在車軸上的那種油，可以讓人心轉動起來輕快得多。」

她的樣子看起來好像有點怪怪的，說出來的話也有點怪怪的，好像已經不是楚留香那天在箱子裡看見的那女孩，和那個冷淡而華貴的玉劍公主更好像是完全不同的兩個人。

「只可惜今天晚上你好像已經沒法子一個人靜下來了。」楚留香故意說：「因爲我暫時還不想走。」

「就算你要走，我也不會讓你走。」新月說：「我好不容易才把你請來，怎麼會讓你走？」

「是你請我來的？」楚留香苦笑：「用那種法子請客，我好像還沒有聽說過。」

新月眨著眼笑了。

「就因爲你是個特別的人，所以我才會用那種特別的法子請你。」她說：「如果不是因爲你又動了好奇心，誰能把你請來？」

楚留香也笑了。

「不管怎麼樣，能找到那麼樣一個人來替你請客，也算你真有本事。」楚留香說：「我第一眼看見他的時候，還以爲是看到了一條熊。」

「他本來就叫做老熊。」

「他的舌頭是怎麼回事？」楚留香忍不住問：「是誰有那麼大的本事，能把那麼樣一條大漢的舌頭割下來？」

「是他自己。」

楚留香又怔住：「他自己爲什麼要把自己的舌頭割下來？」

「因爲他生怕自己會說出一些不該說的話。」

新月淡淡地說：「你也應該知道，我這個人經常都有一些不能讓別人知道的秘密。」

楚留香又開始在摸鼻子：「今天你找我來，也是個秘密？」

「是的。」

新月用一種很奇怪的眼神看著楚留香：「直到現在爲止，除了我們自己之外，絕不會有別人知道你來過這裡。」

「以後呢？」

「以後？」新月的聲音也很奇怪：「以後恐怕就沒有人知道了，連我們自己都不知道。」

「爲什麼？」

「因爲我們一定會把這件事忘記的。」

說完了這句話，她又做了件更奇怪的事。

她忽然拉開了衣帶，讓身上穿著的一件輕袍自肩頭滑落，讓柔和的燈光灑滿她全身。

於是楚留香又看到了她那一彎赤紅的新月。

新月落入懷中。

她的胴體柔軟光滑而溫暖。

「我只要你記住，」她在他耳邊低語：「你是我第一個男人，在我心裡，以後恐怕也不會再有第二個人了。」

「你爲什麼要這樣做？」

「你要爲我去找史天王，而且明明知道這一去很可能就永遠回不來了。」她問楚留香：「這種事你以前會不會做？」

「大概不會。」

「像今天我做的這種事，我本來也不會做的。」她柔聲說：「可是你既然能做，我爲什麼不能？」

水波盪漾，水波上已有一層輕紗般的晨霧升起，掩沒了一湖星光。

夜已將去，人也已將去。

「我見過我父親一次。」新月忽然說：「那還是在我很小很小的時候，我母親叫我一個奶媽帶著我去的，現在我還記得他那時候的樣子。」

此時此刻，她忽然提起了她的父母，實在是件讓人想不到的事。

楚留香本來有很多事想問她的。

——你的母親自己爲什麼不去見他？他們爲什麼要分手？

他還沒有問，新月又接著說：「我還記得他是個很英俊的男人，笑起來的時候樣子更好看，我實在很想要他抱一抱我。」

新月的聲音很平靜：「可是他的手一直都在握著他的劍，握得好緊好緊，嚇得我一直都不敢開口。」

「他也一直都沒有抱你？」

「他沒有。」

楚留香什麼事都不再問了。

一個流落在天涯的浪子，劍鋒上可能還帶著仇人的血，忽然看到自己親生的女兒已經長得那麼大了，那麼純潔、那麼可愛，他怎麼忍心讓她為了惦記著他而終生痛苦？他怎麼能伸出他的手？

這是有情？還是無情？就讓人認為無情又何妨？

一個流落在天涯的江湖人，又有誰能了解他心裡的孤獨和寂寞？

他又何嘗要別人去了解他？

晨霧如煙，往事也如煙。

「從此我就沒有再見到過他，以後我恐怕也不會再見到他了。」新月說：「我只希望你能告訴他，我一直都活得很好。」

楚留香沉默著，沉默了很久：「以後我恐怕也未必能見到他。」

「是的，以後你也未必能見到他了。」新月幽幽地說：「以後你恐怕也不會再見到我。」

長江、野渡。

野渡的人，卻沒有空舟，人就像空舟一樣橫臥在渡頭邊，仰望著天上一朵悠悠地白雲。

白雲去來。

白雲去了，還有白雲會來。

人呢？

「睡在那裡的人是不是楚香帥？」

一條江船順流而下，一個白衣童子站在船頭上，遠遠地就在放聲大呼。

「船上有個人想見楚香帥，楚香帥一定也很想見他的。」童子的嗓子清亮：「楚香帥，你要見就請上船來，否則你一定會後悔的。」

可是這條船並沒有停下來迎客上船的意思，仰臥在渡頭上的人也沒有動。

江水滔滔，一去不返。

這條船眼看著也將要隨著水浪而去了。

人卻已飛起，忽然間飛起，掠過了四丈江流，凌空翻身，足尖踢起了一大片水花。

然後他的人就已經落在船頭上，看著那個已經嚇呆了的白衣童子微笑。

「我就是楚留香，你叫我上船，我就上來了。」他說：「可是船上如果沒有我想見的人，你最好就自己先脫下褲子，等著我來打你的屁股。」

他笑得似乎有點不懷好意。

「櫻子姑娘，你自己也應該知道，我完全沒有一點想要見你的意思。」

船艙裡一片雪白，一塵不染，艙板上鋪著雪白的草蓆。

白髮如雲的石田齋彥左衛門盤膝坐在一張很低矮的紫檀木桌前，態度還是那麼溫和高雅而有禮。

「能夠再見到香帥，實在是在下的幸運。」老人說：「在下特地爲香帥準備了敝國的無上佳釀——菊正宗，但願能與香帥共謀一醉。」

帶著淡香的酒，盛在精緻的淺盞裡，酒色澄清，全無混濁。

他自己先盡一盞，讓跪侍在旁邊的侍女將酒器斟滿，再以雙手奉給楚留香。

這是他們最尊敬的待客之禮。

「在下是希望香帥能明白，櫻子上次去找香帥，絕不是在下的意思。」

「不是？」

「香帥風流倜儻，當世無雙，世上也不知有多少女子願意獻身以進，又豈是別人的主意？」老人微笑：「這一點香帥想必也應該能明白地。」

他的態度雖然溫和有禮，一雙笑眼中卻彷彿另有深意。

楚留香凝視著他，忽然問：「你怎麼知道我會在這裡？怎麼能找到我的？」

石田齋的目光閃動。

「實不相瞞，在下對香帥這兩天的行蹤確實清楚得很。」

「有多清楚？」

「也許比香帥想像中更清楚。」

楚留香霍然站起，又慢慢地坐下，將一盞酒慢慢地喝了下去，臉上也露出了笑容。

「此酒清而不澀，甜而不膩，淡中另有真味，果然是好酒。」

他也讓侍女將酒器斟滿，奉送給老人，忽然改變了話題：「你知道我想見的人是誰？這個人此刻也在這裡？」

石田齋卻不回答，只是靜靜地望著窗外的滾滾江流，過了很久之後，忽然輕輕嘆息：「你看這江水奔流，終日不停，就算有人將萬兩黃金整個丟下去，也只不過會濺起一片水花而已。等到水花消失時，江流還是不改，就好像什麼事都沒有發生過一樣。」老人說：「不管你投入的是萬兩黃金，還是百斤廢鐵，結果都是這樣子的。」

楚留香也在看著窗外的江水，彷彿也看得癡了。又過了很久，老人才接著道：「世事本就如此，這個世界上本來就有很多無可奈何的事，一過去之後，便如春夢般了無痕跡可尋。」

石田齋的嘆息聲中的確像是充滿了悲傷。

「事如春夢了無痕，此情只能成追憶，讓人根本沒有選擇的餘地。」

他的笑眼中忽然射出了利刃般的精光，逼視著楚留香！

「可是你有。」石田齋說：「別人雖然沒有，可是你有。」

「我有什麼？」

「你可以選擇，是要成全別人，讓此情永成追憶，還是要成全你自己？」

他的聲音也如利刃般逼人：「只要你願意，我可以助你尋回你的夢中人，載你們到一處世外桃源去，讓你們兩情歡洽，共度一生。」石田齋厲聲道：「這是別人夢寐以求而求之不得的，你若輕易放棄了，必將後悔痛苦終生。」

楚留香靜靜地聽著，好像連一點反應也沒有，只有他最親近的朋友，才能看出他深藏在眼中的那抹痛苦之色。

可是他最親近的朋友不在這裡。

老人的聲音又轉爲溫和：「這是你的事，選擇當然也在你。」

這種選擇無疑是非常痛苦的，甚至比沒有選擇更痛苦。

楚留香卻忽然笑了。

「我明白你的意思。」他說：「你劫人不成，殺我又不成，所以只有用這種法子，要我助你破壞這門親事。因爲史天王和杜先生聯婚之後，你更沒法子對付他了，簡直連一點機會都沒有。」

石田齋神色不變。

「縱然我確有此意，對你也是有好處的。」老人說：「既然是對彼此都有利的事，又有何不可行？」

「只有一點不可。」

「哪一點？」

「其實還不止一點，最少也有兩點。」楚留香悠然道：「第一，我並不想到什麼見鬼的世外桃源去。燈紅酒綠處，羅襦半解時，就是我的桃源樂土。」

他自女侍手中接過了酒壺：「第二，我根本就不想娶老婆，我這一輩子連想都沒有去想過。」

石田齋沉默。

楚留香一手托酒盞，一手持酒壺，自斟自飲，一杯接著一杯喝個不停。

石田齋看著他，瞳孔彷彿在漸漸收縮，聲音卻變得更溫和：「江湖傳言，昔年血衣劍客薛衣人劍法號稱當世第一，可是也曾敗在香帥手下。」老人說：「在下也曾學劍多年，也想領教香帥的劍法，就請香帥賜教。」

他並沒有站起來，他的手中也沒有劍。

這個自稱曾經學劍多年的老人，只不過用兩根手指拈起了一根筷子，平舉在眼前。

這不是攻擊的姿勢。

可是一個真正學過劍的人，立刻就可以看出，這種姿勢遠比世上所有的攻擊都兇險，甚至遠比春雷的刀和杜先生的花枝更兇險。

就在這完全靜止不動的一姿一勢一態間，已藏著有無窮無盡的變化與殺手。

他的手中雖然沒有春雷伊次那種勢如雷霆的秘劍，但卻完全占取了優勢。

因爲楚留香全身上下每一處空門，都已完全暴露在他眼前。

他手裡的這根筷子雖然也沒有採取杜先生那種搶盡先機的一刺，可是他也沒有讓楚留香搶得機先。

搶就是不搶，不搶就是搶，後發制人，以靜制動。劍法的精義，已盡在其中。

何況楚留香根本不能搶，也不能動。

楚留香正在倒酒。用一隻手托酒盞，一隻手持酒壺，爲自己倒酒。

他自己已經將自己的兩隻手全都用在這種最閒適、最懶散、最沒有殺氣的行動中，他心裡就算有殺機與戒備，也已隨著壺中的酒流出。

他怎麼能動？

可是壺中酒總有倒盡倒完的時候，酒盞也總有斟滿的時候。

無論是壺中的酒已倒完，還是酒盞已被斟滿，在那一剎那間，他不動也要動的。

石田齋的殺手也必將出於那一瞬間。

這一杯酒，大概已經是楚留香最後的一杯酒了。

酒在杯中。

花姑媽滿滿地爲胡鐵花倒了一杯酒，雖然是金杯，也只不過是一杯。

一杯酒就是一杯酒，不是三杯，也不是三百杯。

這一杯酒和別人喝的一杯酒唯一不同的地方是這個杯子。

連胡鐵花都沒有見過這麼大的杯子。

幸好他是胡鐵花，他喝酒的歷史已經有二十多年了，喝醉的次數大概已經有四、五千次，有時候，他一天喝的酒甚至比別人一輩子喝的加起來都多。

可是他喝了這杯酒之後，還是喘了半天氣才能開得了口。

「我的媽呀！」胡鐵花大叫：「你給我喝酒的這玩意兒到底是個酒杯還是個洗澡盆？」

花姑媽吃吃地笑，又捧起了個大酒罈，好像又要替他斟酒的樣子。

胡鐵花的眼睛瞪得比牛彈子還圓。

「你這是什麼意思？」

「我會有什麼別的意思？我只不過想再敬你一杯而已，因爲你馬上就要走了，要去辦大事去了，雖然不是西出陽關，我也要勸你更進一杯。」

花姑媽的聲音溫柔，笑得也溫柔，笑容中，居然還帶著點淡淡的離愁。

「勸君更進一杯酒，東海之濱無故人。」她說：「來，我也陪你喝一杯。」

「就算沒有故人，我也會回來的，何況那個老臭蟲現在一定已經到了那裡。」胡鐵花苦笑：「可是我如果真的再喝這一杯，恐怕就要死在這裡了。」

花姑媽笑了笑：「你認爲楚留香真的會去？」

「他說他會去，就一定會去，就算是上刀山、下油鍋，也一定會去。」

「要是他去不成呢？」

「怎麼會去不成？」胡鐵花又瞪起了眼：「如果他自己要去，有誰能不讓他去？有誰能攔得住他？」

花姑媽嘆了口氣：「如果沒有人知道他要去，現在他確實很可能已經到了那裡，只可惜他有個朋友的嘴巴比洗澡盆還大。」

「不錯，我是個大嘴巴。」胡鐵花理直氣壯：「這又不是什麼丟人的事，我爲什麼不能告訴別人？」

「你當然可以告訴別人，隨便你要告訴誰都行。」花姑媽說：「只不過知道這件事的人愈多，他的麻煩也就愈多。」

她又嘆了口氣：「史天王的手下又不是吃素的，單只一個白雲生，就已經足夠讓他吃不消了。」花姑媽說得很愼重：「我可以保證，白雲生的劍法絕不在當年的薛衣人之下。」

胡鐵花還不服氣，還要爭辯，可是外面已有人通報，送親的行列已將啓程了。

花姑媽忽然抱住了胡鐵花：「這一路上兇險必多，你一定要特別注意，多多保重。」她在他耳邊輕輕地說：「我雖然不是你的親媽，可是一直都把你當寶貝兒子一樣，你千萬不能死在路上。」

夜已漸深，江上已亮起了點點漁火，看來彷彿比天上的星光更亮。

船艙裡卻仍是一片黑暗，石田齋彥左衛門一個人靜靜地坐在黑暗裡，那個裝著京都御守屋精製的火鐮和火石的錦囊雖然就近在他手邊，可是他並沒有擊石點火燃燈的意思。燈光是櫻子帶進船艙的。

嬌小的櫻子仍作童子裝，漆黑的長髮挽成一對垂髻，閃亮的大眼中充滿驚奇：「只有先生一個人在這裡？」

「這裡本來就只有我一個人。」石田齋的聲音疲倦而沉鬱，聽起來就像是個剛跋涉過長途，自遠方歸來的旅人。

「楚留香呢？」

「他走了。」

「他怎麼能走的？」

「來者自來，去者自去，來來去去，誰管得著？」

櫻子睜大眼睛，顯得更吃驚。

「可是我剛才還看見先生以筷作劍，成青眼之勢，楚香帥明明已完全被控制在先生的劍勢中，怎麼能走得了呢？」

櫻子又問：「難道他能躲得過先生那必勝必殺的出手一擊？」

石田齋遙望著江上的一點漁火，過了很久，才悠悠地說：「他沒有躲，也不必躲。」

「爲什麼？」

「因爲我根本沒有出手。」

櫻子坐下來了，吃驚地看著他：「先生爲什麼不出手？」

「我不能出手。」石田齋說：「因爲我完全沒有把握。」

遠方的漁火在他眼中閃爍，老人的眼中卻已失去原有的光釆。

「當時他正在斟酒，我本來準備在他那杯酒倒滿時出手的。」石田齋說：「酒杯一滿，他倒酒的動作勢必要停下來，否則杯中的酒就要溢出，那一瞬間，正是我最好的機會。」

「我明白。」

櫻子說：「在那種情況下，牽一髮已足動全身，無論是酒杯滿溢，還是他本身的動作和姿勢改變，都會影響到他的精氣與神貌，只要他的神體有一點破綻，先生就可以將他刺於劍下。」

「是的。」石田齋默然嘆息：「當時的情況本來應該是這樣子的。」

「難道後來有了什麼特別的變化？」

石田齋苦笑：「楚留香實在是非常人，他應變的方法實在令人想像不到。」

「難道他那杯酒始終都沒有倒滿？」櫻子說：「難道那壺酒恰巧在那一瞬間倒空了？」

「你這種想法已經很好，」石田齋說：「可惜你還是想得不對。」

「哦！」

「如果那壺酒真的恰巧在那一瞬倒完，現在他已死在我劍下。」石田齋說：「酒壺倒完，精氣洩出，也是我的機會。」

「那壺沒有倒完？」

「沒有。」

「酒杯也沒有倒滿？」

「也沒有。」

櫻子看著燈下的酒杯和酒壺：「他一直在倒酒，可是一直都沒有把酒壺倒完，杯中的酒也一直都沒有溢出來？」

「是的。」

「那麼我也實在想不通這是怎麼回事了。」櫻子也不禁苦笑：「難道這個酒杯有什麼魔法？」

「酒杯無法，他的人卻有法。」

「什麼法？」

「循環流轉，生生不息。」石田齋說：「這八個字就是他的法。」

「這是什麼法？我不懂。」

「他以一隻手持酒盞，一隻手持酒壺，壺中的酒流入杯中時，已將他左手與右手間的真氣貫通。」石田齋說：「真氣一貫通，就循迴流轉不息，杯中與壺中的酒，也隨之循迴流轉不息。」

「所以壺中的酒永遠倒不完，杯中的酒也永遠倒不滿？」

「是的。」

「真氣與酒兩造在循迴流轉，就把他的勢造成了一個圓？」

「是。」

「渾圓無極，永無破綻？」

「是。」

「所以先生一直都等不到出手的機會。」

石田齋長長嘆息：「圓如太極，生生不息，我哪裡會有機會？」

櫻子也嘆了口氣。

「這麼樣一個花天酒地不務正業的人，居然有這麼大的本事，這種事有誰會相信？」櫻子苦笑：「可是現在我好像也不能不相信了。」

石田齋沉默了很久。

「你相信，我也相信。」他說：「除了你我之外，最少還有一個人。」

「什麼人？」

「我也不知道他是什麼人，可是我知道的確有這麼樣一個人，而且的確到過這裡。」

「先生沒有看見他？」

「我沒有。」石田齋說：「就在我與楚留香以至高無上的劍意劍勢互相對峙時，這個人就在無聲無息中忽然出現了，在那種情況下，我根本沒有分心去看他一眼的餘力。」

「他也沒有什麼舉動？」

「他一直都在靜靜地看著我們，直到最後，才說了幾句話。」

——石田齋先生已經敗了，楚香帥也不妨走了，再這麼樣僵持下去，對兩位恐怕都沒有什麼好處的，對我卻很有利。

「對他有利？」櫻子問：「有什麼利？」

「漁翁之利。」石田齋說：「如果我們再僵持下去，他舉手間就可以將我們置之於死地。」

「楚留香不是常人，這其間的利害，他一定能看清的。」

「我也一樣也分得清，所以我們幾乎是在同一瞬間罷手的。」石田齋說：「也就在那一瞬之間，這個人也已悄然而去！」

櫻子癡癡地出了半天神，才輕輕地嘆了口氣。

「這人究竟是什麼人呢？」她幽幽地說：「像這麼樣一個人，一定也跟楚留香一樣，一定也有很多女人喜歡他的。不管他是高是矮、是胖是瘦、是醜是俊，都會有很多女人喜歡他。」

櫻子說：「女人總是會喜歡這種聰明人的。」

十一　最難消受美人恩

女人，好多女人，好多好看的女人，好好看！

女人在床上，床在船上。

這條船上有一張床，好大好大的一張床。

江上已有了漁火，天上已有了星光，星光與漁火照亮了一葉扁舟，也照亮了舟上的人影。

楚留香掠出石田齋的船艙，就看見了這個人，一身白衣如雪。

江水在星光與漁火間閃爍著金光，金黃色的波浪上漂浮著三塊木板。

楚留香以燕子般的身法，輕點木板，掠上了扁舟。

扁舟上的白衣人卻又已飛起，如蜻蜓抄水，掠上了另一艘江船。

船上無星無月，無燈無火，可是等到楚留香上船時，燈火就忽然像秋星明月般亮起來了。

白衣人已不見。

楚留香只看見一床女人，一船女人。

一床女人不可怕，一船女人也不可怕，可怕的是，這些女人居然都是他認得的，非但認得，而且每一個都很熟。

非但很熟，而且熟得很，簡直可以說熟得要命。

楚留香實在不能不摸鼻子了。

在蘇州認得的盼盼、在杭州認得的阿嬌、在大同認得的金娘、在洛陽認得的楚青、在秦淮河認得的小玉、在莫愁湖認得的大喬。

除了這些在各州各地認得的女孩子之外，還有那個剛和他分手不久的情情。

他忘不了情，也忘不了她們。

她們更忘不了他。

可是他做夢也想不到她們居然會忽然同時出現在一個地方。

如果他偶然遇到其中一個，不管是在什麼地方，不管遇到其中的哪一個，他都會覺得很開心的，甚至會開心得要命。

可是忽然間一下子就把所有的人全都遇到了，這就真要了他的命了。

這種事簡直就好像是噩夢一樣，隨便什麼樣的男人，都絕不會願意遇到這種事的。

最要命的是，每一個女人都在用一種含情脈脈的眼光看著他，都認爲自己是他唯一的情人，也把他當作自己唯一的情人。

如果你也是個男人，如果你遇到了這種事，你說要命不要命？

楚留香不但要摸鼻子，簡直恨不得要把自己的鼻子割下來。

——一個人如果把鼻子割了下來，別人大概就不會認得他了。

不幸的是，已經有人在說：「你拚命摸鼻子幹什麼？」說話的是大喬：「就是你把鼻子割掉，我也認得你的。」

大喬說話最直爽，做事也最痛快。

大喬好像已經準備衝過來，把這位從來沒有怕過別人的盜帥楚留香裹上床了。

楚留香想躲也躲不掉，因爲這條船的船艙裡除了這張床之外，剩下的空地已經不多。

幸好這時候那個神秘的白衣人忽然又出現，清清爽爽的一身白衣裳，文文雅雅的一張笑臉，再加上秋星明月般的一對笑眼，笑眼中還彷彿不時有白雲飄過，悠悠遠遠地那麼樣一朵白雲。

「我姓白，白雲的白，我的名字就叫做白雲生。」這個人說：「楚人江南留香久，海上漸有白雲生，後面這句話說的就是我。」

楚留香笑了：「前面一句說的是我？」

「是。」

「這是誰說的？」

「是我自己。」白雲生的態度嚴肅而客氣：「我能夠把你和我相提並論，應該是你的榮幸。」

一個人能夠用這麼有禮的態度說出這種話來，實在是件很奇怪的事，而且很滑稽。

但他卻說得很自然。

就算是天下最滑稽的事，從他嘴裡說出來，也絕不會讓人覺得有一點好笑的意思。

楚留香忽然發現自己又遇到了一個奇怪的人，也許要比他這一生中遇到的任何人都奇怪得多。

「這幾位姑娘我想你一定都認得。」白雲生說：「我也知道她們都是你喜歡的人。」

楚留香不能不承認。

白雲生看著他，笑眼中閃著光：「抱歉的是，我對你的了解還不夠多，還不知道你最喜歡的是誰，所以只有把她們全都請來了。」

他的笑容也很文雅：「如果你對她們其中某些人已經厭倦了，我立刻就可以請她回去。」

白雲生說：「我做事一向都很周到，從來也不願讓朋友爲難。」

楚留香苦笑。

像這麼周到客氣的人，他這一輩子還沒有遇到過一個。

他已經覺得有點吃不消了。

白雲生偏偏還要問他：「隨便你要我送哪一位回去，都不妨說出來，我一定照辦。」

楚留香能說什麼？

七、八雙眼睛都在瞪著他，好像都恨不得要狠狠地咬他一口。

楚留香只有硬起頭皮來說：「她們都是我的好朋友，每一個人我都喜歡，不管是誰走了，我都會傷心的。」

白雲生微笑，「香帥果然是個多情人，實在讓我羨慕得很。」

楚留香連看都不敢再去看那些女孩子們了，甚至連想都不想去想現在她們臉上的表情是什麼樣子。

「多情人最怕的就是寂寞，這一點我也明白。」白雲生說：「所以我才把她們請來，陪香帥到一個地方去，去見一個人。」

「去見什麼人？」

「是一個香帥最想見而見不到的人。」

「史天王？」楚留香幾乎要跳了起來：「你說的是不是史天王？」

「是。」

「你知道他在什麼地方？」

白雲生微笑點頭：「那地方雖然遙遠，可是現在我已看得出，這一路上香帥是絕對不會寂寞的了。」

不管是情情、盼盼、阿嬌、金娘、楚青、大喬、小玉都一樣，都是非常可愛的女人，都和楚留香有過一段不平凡的遭遇，也都和楚留香共同度過了一段極美好的時光，令人終生難忘。

不管是她們之間的哪一個；不管在什麼時候、什麼地方遇到楚留香，都一樣是會對他像以前那麼溫柔體貼。

現在的情況卻全不一樣了。

現在如果有人對楚留香好一點，別的女孩子一定會用白眼看她，認爲她是在獻媚受寵，她自己也會覺得很沒面子。

她們又不是那種低三下四的路柳牆花，怎麼做這種丟人的事？

楚留香非常了解這種情況，絕對比世上大多數人都了解得多。

所以他絕沒有希望她們會給他好臉色看，更沒有希望她們會對他投懷送抱，噓寒問暖。

——三個和尚沒水喝。這個世界上有很多事都是這樣子的。

這一點楚留香當然也非常了解。

只要她們不聯合在一起來對付他，他已經要謝天謝地了。

——她們會不會這麼做呢？

看到這些大姑娘大小姐臉上的表情，他實在有點心驚膽戰。

他一向很了解她們的脾氣，無論她們做出什麼事來，他都不會覺得意外的。

所以他只有開溜了，溜到後面，找到間空艙，一頭鑽進去，鑽進被窩，蒙頭大睡。

不管怎麼樣，能夠暫時避一避風頭也是好的，等到她們的火氣過去再說。

這就是楚留香聰明的地方，也是他了不起的地方。

更了不起的是，他居然真的睡著了。

這一覺睡醒時，已經不知道是什麼時候了，船艙外寂無人聲，也不知道到了什麼地方。

那些大小姐們怎麼會連一點聲音都沒有？現在正在幹什麼？是不是正在商議著對付他？

楚留香嘆了口氣，忽然覺得男人們確實應該規矩一點，如果是遇到了一個又溫柔又美麗又多情的女孩子，就算不能把她一腳踢出去，也應該奪門而出，跳牆而去，落荒而逃。

這當然是他平生第一次有這種想法，卻不知道是不是他這一生最後一次。

就在他坐在床上摸著鼻子發怔的時候，隔壁房裡忽然傳來有人用大壺倒水的聲音。

楚留香全身都癢了。

他至少已經有兩、三天沒洗澡，能夠坐在一大盆洗澡水裡，那有多麼好？

只可惜他並沒有忘記這是一條船，船雖然在水上，可是船上的水卻比什麼地方都珍貴。

何況那些大小姐們現在又怎麼會替他準備洗澡水？他簡直連想都不敢想。

奇怪的是，洗澡水居然已經替他準備好了。

艙房間的一扇門忽然被打開，他就看到了這一大盆洗澡水。沒有人，只有洗澡水。

不但有洗澡水，還有換洗的衣服，疊得整整齊齊的擺在一張椅子上。

衣服是嶄新的，肥瘦長短大小都剛剛好，就好像是量著他身材訂做的一樣。

洗澡水也不冷不熱，恰好是他喜歡的那種溫度。甚至連洗澡用的梔子膏都是他最喜歡的那一種。

——這是誰爲他準備的？

她們雖然都知道他的身材，也知道他的喜好，可是她們之間還有誰對他這麼體貼呢？

難道這就是她們對付他的戰略？故意對他好一點，讓他心裡慚愧，然後再好好地修理他一頓？

痛痛快快地洗了個澡，換上了一身柔軟合身的新衣服，他心裡的想法又改換了。

——她們本來就應該對他好一點的，像他這樣的男人，本來就不會一輩子守著一個女人，她們本來就應該了解這一點。

現在她們大概已經全都想通了。

想到這裡，我們的楚香帥立刻又覺得愉快起來，高高興興地走出船艙。

外面陽光燦爛，是個極晴朗的天氣。從窗口看出去，可以看到好幾里之外的江岸。

大艙卻沒有人，那些大小姐們居然連一個都不在。

楚留香正在奇怪，就看到了一條船正由江心駛向江岸。

看到了這條船，楚留香的心又沉了下去。

情情、盼盼、阿嬌、金娘、楚青、大喬、小玉，居然全都在那條船上，用一種很奇怪的眼色看著他，向他揮手道別。

長天一碧如洗，遠遠看過去，彷彿已經可以看見海天相接處，江水也流得更急了。

江船順流而下，一瀉千里，近在咫尺間的人，瞬息間就可能已遠在天涯。

——她們爲什麼要走？是被迫而走的？還是她們自己要離開他？

——這問題現在已經用不著回答，因爲濁黃的江水中已經出現了幾條雪白的影子，魚一般飛躍游動，少女般美麗活潑。

是魚如美人？還是美人如魚？

魚不會上船，人上了船。

她們身上穿的衣裳還是像楚留香上次見到她們時一樣，最多也只不過比魚多一點而已，可是她們對楚留香的態度卻改變了很多。

她們的態度居然變得很恭敬、很有禮，而且還好像特地要跟他保持一段距離。

這種情況好像從來也沒有在楚留香身上發生過。

楚留香苦笑：「你們這次又想來幹什麼？是想來吃人，還是要人吃你們？」

看她們的樣子，倒真的有點像是怕楚留香會把她們像魚一樣一條條吃下肚子裡去。

這種樣子已經很讓人受不了。

最讓人受不了的是，她們居然還笑著說：「如果香帥真的要吃我們，那麼就請香帥儘量地吃吧。」

「真的？」楚留香故意作出很兇惡的樣子：「我真的可以儘量地吃？」

「當然是真的！」長腿的女孩子說：「不管香帥想吃誰，都可以挑一個去吃。」

她的腿在陽光下看來更結實，更有光澤，更有彈性：「香帥要吃誰就吃誰，要吃什麼地方就吃什麼地方，隨便香帥要怎樣吃都可以。」

她們每個人看起來都很好吃，每個地方看起來都很好吃。

尤其是在如此明亮的陽光下。

可是楚留香卻好像不敢再看她們了。

她們不是魚，是人，她們都這麼年輕，這麼健康，這麼樣充滿了生命的活力。

所以楚留香更想不通：「你們幾時變得這麼樣聽話的？」

「二將軍這次要我們來的時候，就吩咐我們一定要聽香帥的話，不管香帥要我們幹什麼都行。」大眼睛的女孩子說：「所以我們才害怕。」

「害怕？」楚留香問：「怕什麼？」

「怕香帥真的把我們吃掉。」

楚楚可憐的女孩子又露出一副楚楚可憐的樣子：「我尤其害怕，怕得要命。」

「爲什麼？」

「因爲我知道香帥如果要挑一個人去吃，第一個被挑中的一定是我。」

楚留香沒有吃她，並不是因爲她不好吃，也不是因爲他不想吃。

楚留香沒有吃她，只不過因爲江口外的海面上，忽然傳來了一陣鼙鼓聲，就好像有千萬匹戰馬踏著海浪奔馳而來。

來的當然不是馬，是一條船，一條樓台般的戰船。

海天遼闊，萬里無雲，楚留香已經看見了它艨艟的船影。

人魚們立刻雀躍歡呼：「二將軍來了！」

「這位二將軍是誰？是誰的將軍？爲什麼要你們來找我？如果他是史天王的將軍，你們也應該算是史天王的屬下，那麼你們爲什麼不讓胡鐵花護送公主到史天王那裡去？難道你們這位二將軍也不贊成這門親事？」

沒有人回答這些問題。

四個女孩子的嘴，好像忽然都被人用一塊大泥巴塞住了，連氣都不能再喘。

戰船已破浪而來，遠遠就可以看到甲板上有人影奔騰，排成一行行極整齊的行列。

船上旗幟鮮明，軍容整肅壯觀，顯然每個人都是久經風浪能征善戰的海上健兒。

唯一奇怪的是，這些戰士居然沒有一個男人。

海口附近的漁舟商船都不知道躲到哪裡去，江岸上甚至連個人影子都看不見。

戰船上放下一道繩梯，楚留香就一步步登上去。

他的眼睛剛露出甲板，看見的就是一雙雙已經被曬成古銅色的腿。

腳跟靠緊，雙腿併立，中間幾乎連一點空隙都沒有。

每一雙腿都那麼結實，那麼健美，楚留香這一生中也沒有看到過這麼多雙女人的腿。

堅實而富有曲線的小腿上面，是渾圓的大腿，再上面就是一條條閃著銀光的戰裙。

戰裙很短。

戰裙是敞開著的，爲了讓她們的腿在戰鬥時行動得更方便些。

楚留香沒有再往上面看了，因爲他也不想讓別人看到他一下子掉到海裡去。

戰船又已出海。

掌舵揚帆操作每一件行動的水手也都是女人，楚留香忽然發現這條船上唯一的男人就是他自己。

沒有人看他，也沒有人理他。

水手們都專心於自己的工作，戰士們都石像般站在那裡。

「騎馬倚斜橋，滿樓紅袖招」的楚香帥，到了這條船上，竟變得好像是個廢物一樣，這些女人卻好像一個個都是瞎子，連看都不看他一眼。

她們當然都不是瞎子，楚留香就不信她們真的看不見。

他故意走過去，從她們的面前走過去，雖然儘量不讓自己碰到她們挺起的胸，可是距離她們也夠近的了。

想不到她們連眼睛都沒有眨一眨。

楚留香漸漸開始有點佩服這位二將軍了，能夠把這麼多女人訓練成這樣子，絕不是件容易事，也絕不是任何男人能夠做得到的。

現在他當然已經知道這位二將軍一定也是個女人。

——只有女人才能把女人訓練得如此服從，也只有女人才懂得怎麼樣訓練女人。

這種方法楚留香非但不敢去想，就算想，也想不到。

——這位二將軍又是個什麼樣的女人呢？

楚留香也想不出。

他也不必再想了，因爲這時候已經有個長著一臉麻子的女人在問他：「你姓什麼？叫什麼？是什麼地方的人？從哪裡來的？身上有沒有收藏著什麼刀劍暗器？」

楚留香笑了。

他本來實在不想笑，也笑不出的，卻偏偏忍不住笑了。因爲他一輩子也沒有遇到過這種事，也想不到自己會遇見這種事。

誰能想得到，這個世界上居然有人敢對楚留香這麼樣說話。

更令人想不到的是，他居然還老老實實地回答：「我姓楚，叫楚留香，是黃帝後代大漢子孫，從來也不做偷偷摸摸的事，所以身上既沒有收藏刀劍，也沒有夾帶暗器。」

「那麼你就把你的手舉起來。」

「爲什麼？」

「因爲我要搜一搜你。」

楚留香又笑了，用一種很溫和的態度問這個女人：「你要搜別人的時候，有沒有想到過別人說不定也想搜一搜你？只不過用的法子也許跟你有點不同而已。」

「你敢！」女人的臉色變了：「你敢碰我？」

楚留香看著她的臉，嘆了口氣：「我不敢，我真的不敢。」他嘆著氣道：「所以我也只有用另外一種法子。」

說完了這句話，這位仁姐的一雙腳已被他倒提了起來，懸空抖了兩抖，把身上的零碎抖得滿地都是。

然後就聽見「噗通」一聲響，就有一個人被拋進海裡去。

無論在哪一個國家的神話與傳說中，地獄中的顏色都是赤紅的，因為那裡終年都有亙古不滅的火燄在燃燒。

這裡也是。

這裡雖然沒有燃燒的火燄，四面也是一片赤紅，就像是地獄中的顏色一樣。

這裡不是地獄，這裡是將軍的大艙。

猩紅色的波斯地氈舖上三級長階，窗門上懸掛著用紫紅色的絲絨製成的落地長簾。將軍的戰袍也是猩紅色的，每一寸戰袍上都彷佛已染遍了仇敵的鮮血。

兩個人佩劍肅立在將軍身後。

一個滿面皺紋的老婆婆，頭髮仍然漆黑如少女；一個眉目姣好的年輕婦人，兩鬢卻已有了白髮。

船艙裡只有一樣東西是純黑的，全身都是黑的，黑得發亮。

楚留香走進船艙，第一眼看見的就是這頭黑豹。

黑豹伏在將軍的腳下，安靜得就像是一頭剛被餵飽了的貓。

將軍身後的雙劍都已出鞘，如匹練破空，刺向楚留香雙眼。

楚留香的眼睛連眨都沒有眨。

劍鋒停頓時，距離他的眉睫最多也只不過還有三寸，可是他連眼睛都沒有眨一眨。

將軍用一種很奇怪的眼色瞪著他，忽然問：「你看得出她們這一劍不會刺瞎你的眼？」

「我看得出。」楚留香說：「她們都是高手，手上自然有分寸。」

「你怎麼知道她們不會刺瞎你？」

楚留香微笑：「因爲我是你請來的客人，客人的眼睛要是瞎了，主人也會覺得很無趣的，尤其是你這樣的主人。」

「我這種主人怎麼樣？」

「將軍之威雖重，畢竟還不如將軍之絕色，若是面對一個看不見的瞎子，豈非無趣得很？」

他不是在說謊，也不是在故意討人歡喜，他第一眼看見她的時候，也沒有覺得她是個美人。

她太高大，而且太野。

她的肩太寬，甚至比很多男人都寬。

她的眼睛裡總是帶著種野獸般的狂野之色，她嘴唇的輪廓雖然豐美，卻顯得太大了些。

除了那一口雪白的牙齒外，她全身上下幾乎沒有一個地方可以接近美人的標準。

但她卻的確是個美人，全身上下都充滿了一種攝人心魄的野性之美，美得讓人連氣都透不過來。

和她比起來，其他那些美麗的女人就像是個一碰就會碎的瓷娃娃。

「我早就知道你一定是個女人，可是我從來也沒有想到過你會是這麼樣的一個女人。」

青鋒仍在眉睫間，楚留香卻一點都不在乎：「如果我早就知道，也許我早就來了。」

將軍又瞪著他看了很久，居然輕輕地嘆了口氣：「你的膽子真大。」

她一彈指，兩柄劍立刻同時入鞘，人也退下。

「就因為我知道你的膽子夠大，所以我才找你來。」她說話的方式非常直接：「我相信你一定有膽子去為我殺人的。」

「那也得看你要我去殺的是什麼人。」

「要殺那個人當然很不容易，不管她在什麼地方，附近都會有三十名以上一級高手在保護她。」

「是誰派去保護她的？」

「杜先生和史天王。」

她毫不考慮就說出這兩個人的名字來，連楚留香都不能不承認她確實是個很痛快地人。對痛快地人楚留香一向也很痛快。

「你要我去殺這個人，是不是因爲你怕她奪了你的寵？」

「是的。」她說：「現在史天王最寵愛的人是我，甚至封我爲豹姬將軍，如果她來了，我算什麼？」

「史天王如果真的喜歡你，爲什麼要娶她？」

「因爲她是公主，我不是。」她說：「現在我是史天王的姬妾，以前也是，我天生就好像只有做別人小老婆的命。」

楚留香苦笑。

一個女人能把這種事這麼痛快地告訴別人，這種女人他也沒見過。

「以前我跟的男人，是個有錢有勢的東洋老頭子，而且還是劍道的高手。」

「石田齋彥左衛門？」

「就是他。」她毫不隱瞞：「他雖然也不錯，比起史天王來還是差得遠了。」

「所以你不想失去史天王的寵。」

「所以我一定不能讓那個見鬼的公主嫁給史天王，隨便怎麼樣都要殺了她。」

「你爲什麼要我做這件事？」

「因爲這一次負責護送她的統領是胡鐵花，胡鐵花最信任的朋友就是你。」豹姬說：「要殺玉劍，沒有人的機會比你更好。」

「我爲什麼要做這種事？」

「爲了我。」

說完了這句話，她就不再說一個字，也用不著再說了。

她已站起，猩紅的戰袍已自她肩上滑落。

在這一瞬間，楚留香的呼吸幾乎已停頓。

他從未見過這樣的女人，也從未見過這樣的胴體。他這一生中，從來也沒有任何一個女人能在如此短暫的一瞬間挑起他的情慾。

在她那雖然高大但曲線卻極柔美的古銅色胴體中，每一個地方都彷彿蘊藏著無窮無盡的情慾，隨時都可能爆發出來，將人毀滅。

一個正常的男人只要碰到她，無論碰到她身上任何一處地方，都會變得無法控制自己，甚至寧願將自己毀滅。

豹姬用一雙充滿野性的眼睛看著他，態度中充滿了挑逗和自信。

因爲她至今還沒有遇到過一個能夠拒絕她的男人。

楚留香長長嘆息！「現在我才明白石田齋爲什麼要做那些事了。」他嘆息著道：「因爲有了你這樣的女人，無論做什麼事都是值得的。」

「你呢？」

「我也想，想得要命。」

楚留香的眼睛也在盯著她，「如果我年輕十年，我早就像條餓狼般撲過去，而且會告訴你，我一定會去替你做那件事，先跟你纏綿三、五天，然後就一去無消息，就算你恨我恨得要死，恨不得割下我的肉來餵狗，都再也休想找到我了。」

他一本正經地說：「以前我一定會這麼做的，只可惜現在我的臉皮已經沒有這麼厚了。」楚留香又嘆了口氣：「所以現在只有請你爲我做一件事。」

「什麼事？」

「先穿起你的衣服來，再叫你腳下的那頭豹子把我咬死。」楚留香說：「要是牠萬一咬不死我，你也不妨再叫那兩位女劍客來刺瞎我的眼睛。」他淡淡地說：「反正不管什麼方法你都不妨試一試。」

黑豹還伏在她的腳下，豹姬還是用那雙充滿野性的眼睛瞪著楚留香，忽然說：「我知道你常常喜歡跟別人說兩個字。」

「哪兩個字？」

「再見。」

十二　楚留香的秘密

楚留香乘來的那條船居然還在，就像是個被孩子用絲線綁住了腳的小甲蟲一樣，被這條戰船用一根長繩拖在後面。

海面上金波閃爍，天畔已有彩霞。

一直把楚留香送到甲板上來的，還是那個長腿的小姑娘。

楚留香忍不住問她：「你們的將軍真的肯就這麼樣讓我走？」

「當然是真的。」

長腿的小姑娘抿嘴笑道：「她既不想要那頭豹子咬死你，也不想讓牠被你咬死，還留住你幹什麼？」

楚留香看著海上的金波出了半天神，居然嘆了口氣：「她真是個痛快的女人。」

「她本來就是這樣子的，不但痛快，而且大方，只要是她請來的客人，從來沒有空手而回的。」

「難道她還準備了什麼禮物讓我帶走？」

「她不但早就準備好了，而且還準備了三種，可是你只能選一種。」

「哪三種？」

「第一種是價值八十萬兩的翡翠和珍珠。」

「她真大方。」

「第二種是足夠讓你吃喝半個月的波斯葡萄酒和風雞肉脯，還有一大桶清水。」

楚留香看著一望無際的大海，又不禁嘆了口氣：「她想得真周到。」

戰船出海已遠，這樣禮物無疑是他最需要的，他已經可以不必再選別的，卻還是忍不住要問：「第三樣禮物是什麼？」

「是個已經快要死了的人，簡直差不多已經死定了。」

楚留香苦笑。

他實在沒有想到那個痛快地女人會給他這麼不痛快地選擇。

現在三樣禮物都已經被人搬出來了，珍珠耀眼，酒食芬香，人也已真的奄奄一息。

這個奄奄一息的人，赫然竟是那自命不凡，不可一世的白雲生。

長腿的女孩子忽然壓低聲音，悄悄地告訴楚留香：「將軍知道你一定會選第二樣的，因爲你是個絕頂聰明的人。」

「哦？」

「可是將軍又說，如果你選的是珠寶，那麼你這個人不但貪心，而且愚蠢，連她都會對你很失望。」

「如果我選的是第三樣呢？」

「那麼你簡直就不是人，是條笨豬了。」

長腿的女孩子問楚留香：「你選哪一樣？」

楚留香看看她，忽然也壓低聲音說：「我告訴你一個秘密好不好？」他在她耳邊悄悄地說：「我本來就不是人，是條豬。」

在江上，這條船已經可以算是條很有氣派的大船，一到了海上就完了，在無情的海浪間，這條船簡直就像是乞丐手裡的臭蟲一樣，隨時都可能被捏得粉碎。

楚留香當然明白這一點，可是他根本連想都不去想。

船上當然不會有糧食和水，至於酒，那更連談都不要談，沒有酒喝是死不了的，可是如果沒有水，誰也活不了七天。

這一點楚留香也不會不知道，卻偏偏好像完全不知道一樣。

想了也沒有用的事，又何必去想？

知道了反而會痛苦煩惱的事，又何必要知道？

無論在多危險惡劣的環境中，他想的都是些可以讓他覺得愉快地事，可以讓他的精神振奮；可以讓他覺得生命還充滿希望。

所以他還活著，而且活得永遠都比別人愉快得多。

白雲生的臉色本來就是蒼白的，現在更白得可怕，像是中了某種奇怪的毒，又像是受了某種極厲害的內傷，所以有時暈迷、有時清醒。

這一次他清醒的時候，楚留香正在笑，好像又想起了什麼可以讓他覺得愉快地事。

白雲生的精力已經沒法子讓他說很多話了，卻還是忍不住要說：「你看起來好像很高興的樣子。」

「好像是的。」

「我想不通，現在還有什麼事能讓你這麼高興？」

「至少我們現在還活著。」

對楚留香來說，能活著已經是件非常值得高興的事，對白雲生來說就不同了。

「我們雖然還活著，也只不過在等死而已，有什麼好高興的？」

無論從哪方面來說，這兩個人都是絕不相同的人，甚至可以說是兩個極端。

奇怪的是，在這兩個人之間，卻彷彿有種非常奇怪的相同之處，也可以說是種奇怪的默契。

白雲生一直都沒有問楚留香：「你爲什麼不選擇你需要的糧食和水，反而救了我？」

因爲這種事是不需要解釋，也無法說明的。

楚留香也一直都沒有問白雲生：「你和豹姬都是史天王的人，她爲什麼會用這種方法對你？」

因爲這種事雖然可以解釋，但是解釋的方法又太多了。

玉劍公主很可能就是其中最主要的關鍵。

一個要保護她，一個要殺她，一個要成全她和史天王的婚事，一個死也不願意。

豹姬要置白雲生於死地，也當然是順理成章的事。

不管怎麼樣，現在這兩個極端不相同的人，已經在一種不可思議的安排下，被安排在一起了。

他死，另外一個人也得死。

他活，另外一個人也能活下去。

天色漸漸暗了，誰也不知道自己能不能活到明天日出時。誰也不知道明天會發生什麼事。

這個世界上大概很少有人會把沙漠和海洋聯想到一起。

海洋是生動的、壯闊的、美麗的，充滿了生命的活力，令人心胸開朗，熱血奔放。

有很多人熱愛海洋，就好像他們熱愛生命一樣。

沙漠呢？

沒有人會喜歡沙漠，到過沙漠的人，沒有人會想再去第二次。

可是一個人如果真正能同樣了解海洋和沙漠，就會發現這兩個看來截然不同的地方，其實有很多相似之處。

它們都同樣無情，同樣都能使人類感覺到生命的渺小卑微，同樣都充滿了令人類完全無法忍受的變化。在這種變化中，人類的生命立刻就會變得像鐵錘下的蛋殼那麼脆弱。

在某一方面來說，海洋甚至比沙漠更暴厲、更冷酷，而且還帶著種對人類的無情譏誚。

——海水雖然碧綠可愛，可是在海上渴死的人很可能比在沙漠上渴死的更多。

一個人如果缺乏可以飲用的食水，無論是在沙漠裡、還是在海上，都同樣只有一件事可以做。

——等，等死。

這一次楚留香居然沒有死，豈不是因爲可有奇蹟出現了。

奇蹟是很少會出現的。

這一次他沒有死，只不過因爲有一個人救了他。

一個誰都想不到的人。

幾個月之後，在一個風和日暖的春天傍晚，在一片開滿了夾竹桃和杜鵑花的山坡上，胡鐵花忽然想到這件事，所以就問楚留香：「那一次你怎麼會沒有死？」

「因爲有個人救了我。」

「在那種時候，那種地方，有誰會去救你？」

「你永遠想不到的。」楚留香笑得很神秘：「就連我自已都想不到。」

「那個人究竟是誰？」胡鐵花有點著急了：「這次你絕不能再要我猜了，我已經猜了三個月還沒有猜出來，難道你真要把我活活急死？」

「好，這次我告訴你。」楚留香說：「那次救了我的人，就是那個要搜身的痳子。」

胡鐵花怔住了。

「是她救了你？她怎麼會救你？」胡鐵花非但想不通，而且簡直沒法子相信。

楚留香卻輕描淡寫地說：「這件事其實也簡單得很。」他告訴胡鐵花：「她救了我，只不過因爲我把她丟進了海裡去。」

胡鐵花愈聽愈糊塗了，楚留香卻愈說愈得意。

「她要搜我，我當然也要搜一搜她，只不過對她那種女人，我實在沒興趣碰她，所以我用了種很特別的法子。」

「什麼法子？」

「我先提起她的那雙尊腳，把她身上的東西全都抖了出來。」

「然後呢？」

「然後我只不過順手摸魚，把其中幾樣比較特別的東西給摸了過來。其中有一樣是個像袖箭般的圓鐵筒子。」

「就是這個圓筒子救了你？」

「就是。」

「一個小小的圓筒子怎麼能從大海中救人？」

「別的圓筒子不能，這個圓筒子能。」

「這個圓筒子究竟是什麼鬼玩意？」

「也不是什麼鬼玩意，只不過是一筒旗花火箭而已。」

楚留香微笑！

「白雲生看見我把那個圓筒子拿出來的時候，臉上的表情，簡直比你看到一千兩百罈陳年好酒還要高興。」他說：「一個人如果能看到自己的朋友臉上露出那種表情來，一輩子只要看見一次也就夠了。」

胡鐵花一直在嘆氣：「我知道你這個人運氣一向都很不錯，卻還是沒想到你的運氣會有這麼好。」

「這不是運氣。」

「這不是運氣！難道你早就知道那個圓筒子是史天王屬下遇難時用來呼救的訊號？」

「我不知道。」

「那麼這不是運氣是什麼？」

「這只不過是一點點智慧、一點點謹慎、一點點處處留意的習慣，再加上一點點手法和技巧而已。」

楚留香摸著鼻子，眨著眼笑道：「除此之外，還有樣東西當然也是少不了的。」

「什麼東西？」

「運氣，當然是運氣。」楚留香又板起臉來一本正經地說：「除了運氣之外，難道還能有什麼別的東西？」

就在胡鐵花差一點氣得把剛喝下去的一口酒從鼻子噴出來的時候，楚留香又開始繼續說出了那一次他的奇遇。

「我們把那一筒訊號放出不久，就有一批漁船來把我們救到一個孤島上去，島上只有一個漁村，居民都是漁夫，看起來和別的漁村完全沒有什麼兩樣。」

楚留香臉上又露出那種神秘的表情：「可是我卻在那個漁村裡遇到幾個奇怪的人，我永遠想不到會在那種地方遇到他們。」

「他們是誰？」

「胡開樹、司徒平、金震甲和李盾。」

楚留香說出的這幾個名字，每一個都是可以讓人嚇一跳的。

胡鐵花也嚇了一跳：「這些大英雄大俠客們到那個小漁村裡去幹什麼？」

「我想他們大概不是去吃魚的。」楚留香故意問胡鐵花：「你想呢？」

這一次胡鐵花好像忽然變得聰明起來了：「難道那個漁村就是史天王在海上的根據地之

一，難道那些大俠們都是爲了史天王而去的？」

楚留香嘆了口氣：「像你這樣的聰明人，爲什麼偏偏會有人硬要說你笨？」

胡鐵花也嘆了口氣：「我一直有點看不起那位胡大俠，想不到他居然真是個角色，居然也有膽子去找史天王。」

「你知不知道他爲了什麼要去找史天王？」

「難道他不是去找史天王拚命地？」

「拚是拚命，只可惜拚的不是他自己的命。」楚留香苦笑：「他去找史天王，只不過要求史天王爲他去拚掉幾個人的命而已。」

「他是不是還帶去一份重禮？」

「那當然是絕不能少的。」

「我一點都不奇怪，我真的一點都不奇怪，像這樣的大俠我早就見得多了。」胡鐵花冷笑：「我想他看到你的時候，臉上的表情一定也很有意思。」

楚留香又嘆了口氣：「老實說，那樣的表情我也不想再看到第二次。」

最重要的一個問題是：「那一次史天王究竟有沒有到那個漁村裡去？」

「他當然去了。」

「你有沒有看見他？」

「我又不瞎，怎麼會看不見？」

「他是個怎麼樣的人？」

這個問題楚留香想了很久之後才能回答。

「我也不知道他是個什麼樣的人，我只能告訴你，我真正看清他的那一瞬間，我才明白別人爲什麼說他是殺不死的。」

「爲什麼？」

「因爲他根本不是一個人。」

史天王當然是坐船來的，卻不是楚留香想像中那種戰船巨艦，而是一條很普通的漁船，甚至已經顯得有點破舊。

楚留香第一眼看見史天王的時候，是一個天氣非常好的早上。

那一天早上天氣晴朗，楚留香遠遠就可以看到這條漁船破浪而來。

漁船的本身連一點特別的樣子都沒有，可是速度卻比任何人看到過的任何一條漁船都快得多。

船上有七個人。

這七個人都穿著普通的漁民衣裳，敞著衣襟，赤著足，身材都很高大健壯。

漁船一靠岸，他們就跳下船，赤著腳走上沙灘，每個人的行動都很矯健，而且顯得虎虎有生氣。

那時楚留香還想不到這七個人之中，有一個就是威鎭七海的史天王。

在他的心目中，史天王不應該是這樣子的。

在他的心目中，史天王應該戴金冠、著金甲，扈從如雲，威儀堂堂。

但是白雲生卻告訴他：「大帥來了。」

「大帥？」楚留香還不明白：「哪一位大帥？」

「這裡只有一位大帥。」

楚留香這才吃驚了：「你說的這位大帥就是史天王？」

「是的。」

但是直到那一刻，楚留香還是看不出這七個人中哪一個是史天王。

因爲這七個人的裝束打扮幾乎是完全一樣的，遠遠看過去，幾乎完全沒有分別。

他們大步走上沙灘，每個人手裡拖著的漁網中，都裝滿了他們從海洋中打來的豐收。

看起來他們都是熟練的漁人，也只不過是些熟練的漁人而已，最多只不過比別的漁人更強壯、更魁偉一點而已。

可是島上的漁民一看見他們就已經在歡呼。他們微笑揮手，在歡呼中走入一棟用木板搭成的大屋，在沙灘上留下一串腳印。

楚留香立刻又發現一件奇怪的事。

這七個人留下的腳印看起來竟好像是一個人留下來的腳印。

七個人一連串走過，每個人一腳踩下時，都恰巧踏在前面一個人留下的腳印裡，每一個腳印之間的距離都是完全一樣的。

在那一刻，楚留香已經知道他遇到的這個對手是個多麼可怕的對手了。

可是讓楚留香覺得真正震驚的，還是在他被請入那間大屋，面對史天王的時候。

從來沒有人能讓楚留香如此震驚過。

他曾經面對天下無敵的劍客薛衣人的利器，他曾經面對幽靈鬼魂般詭秘難測的石觀音。

他也曾經和天下武林中人視爲神聖的水母陰姬決戰於神水宮中。

他這一生中，身經無數次生死決於一瞬間的惡戰。

可是他從未如此震驚過。

十三　無法捉摸的人

木屋高大寬敞，光線充足明亮，窗子經常是開著的，一抬眼就可以看到陽光照耀下的海洋。

海風溫暖而潮濕，幾個打著赤膊的孩子正在沙灘上玩貝殼，身上的皮膚也和他們的父兄一樣，被曬成了古銅色。

海濱有兩個年輕人在整理漁船，幾個小媳婦、老太太聚在一起，一面聊家常、一面補漁網。

小小的漁村中，到處都充滿了安樂祥和之意，誰也想不到，就在這一天，就在這個木屋裡，所發生的每一件事都足以震動武林。

楚留香踏著柔軟的沙粒，從陽光下走進這間木屋時，也許就是他一生中最震驚、也最失望的時候。

他從不相信這個世界上真的有人力無法做到的事，也不相信世上有永遠無法擊倒的人。

現在他相信了。

因爲史天王根本不是一個人。

史天王是七個人。

剛才從漁船中走上沙灘的那七個人，不但裝束打扮完全一樣，連神情、容貌、身材都是完全一樣的。

這七個人中，每一個都可能是史天王，但是誰也分不出哪一個是真的。

就像是秦始皇的龍塚一樣，史天王也爲自己準備了六個身外的化身。

如果你根本分不出誰是真的史天王，你怎麼能在一瞬間刺殺他？

如果你不能把握住這一瞬間的機會，那麼你就永遠沒有機會了。

比楚留香先到這漁村的四位武林名人此刻也都在這木屋裡。

史天王第一個接見的，是個寬肩厚胸、面色赤紅，看來非常壯健的中年人，身上顯然帶著金鐘罩鐵布衫一類的橫練功夫，而且練得很不錯，整個人看來就像是個鐵打的盾牌一樣。

「你就是李盾？」

「是的，我就是。」

他的態度在沉穩中充滿自信，他的外門功夫和外家掌力在關中一帶幾乎從未遇到過敵手，所以此刻雖然面對著威鎮天下的史天王，卻還是保持著他的尊嚴。

「我保的一趟鏢在史將軍的轄境中被劫了。」李盾說：「我這次來，只求史將軍給我一個公道。」

「你要我給你公道？」這位史天王斜倚著牆，淡淡地問：「你能給我什麼？」

「我李盾一向身無長物，只有一個人、一條命。」

他帶著刀。一柄用不著拔出來，就可以看出是名家鑄造的快刀。

史天王願意見的人，不但可以帶刀，什麼樣的武器都可以帶進來。

無論什麼樣的人，無論帶著什麼樣的武器，史天王都不在乎。

李盾忽然拔刀，撕開衣襟，反手一刀，砍在自己胸膛上。

這一刀他的確用了力，可是銳利的刀鋒只不過在他胸膛上留下一條淡淡的白印而已。

「很好，你這一身十三太保橫練的功確實練得很不錯。」

這位史天王坐在一張很寬大的木椅上。

「只可惜我既不想要你這個人，也不想要你這條命。」史天王揮了揮手：「念你也是條好漢，這次我放你走，下次最好莫要再來了！」

「我不能走。」李盾厲聲道：「討不回鏢銀，我絕不走。」

「你是不是一定要我給你個公道？」

「是。」

史天王忽然嘆了口氣：「那麼我問你，你幾時在江湖中看見過有什麼公道？」

李盾怒吼，揮刀撲過去，刀如雷霆，刀光如電。

他砍的是另外一位史天王，這位史天王只用兩根手指就夾住了這一刀。

「噹」的一聲響，刀斷了。

斷刀輕輕一劃，輕輕地沿著李盾自己剛才在胸膛上砍出來的白印子劃下去，鮮血立刻從他胸膛中泉水般湧出。

「你用力砍也砍不傷，可是我輕輕一劃就劃破了。」史天王悠悠然地說：「你說這公道不公道？」

「現在你總該明白了，天下本來就沒有什麼絕對公道的事。」另一位史天王說：「你還想要什麼公道麼？」

李盾面如死灰，一步步往後退，退到第五步時，他手裡剩下的半截斷刀，已刺入了他自己的心臟。

金震甲卻是活著走的。

「你帶來的禮物我收下，你求我的事也可以做到。」史天王說：「你的大哥金震天雖然是我的舊交，心裡卻一直看不起我。我也知道，這次你肯來求我，我高興得很。」

他這麼說，另外六位史天王也同樣露出了很愉快地表情。

閩南武林中家世最顯赫的金家二公子居然也來求他了，這好像是件讓他覺得很有面子的事。

橫行七海的史天王竟似對別人的家世很注重，這大概也就是他爲什麼一定要娶到位公主的原因。

胡開樹立刻看出了這一點。

他也是世家子，他的父親和祖父都是江湖中的名俠，他自己的名氣也不小。

「在下胡開樹，先祖古月叟；先父胡星，久居幽州，這次特地備了份重禮，專程來拜見史將軍。」

史天王居然笑了。

「我知道，你用不著把你的家譜背出來，你的事我全都知道。」這位史天王箕踞在一張短榻上：「你帶來的禮物我也已看到。」

「史將軍是不是肯賞臉收下！」

「我當然要收下。」史天王大笑：「那麼貴重的一份禮，要是有人不收，那個人豈非該打屁股？」

胡開樹也笑了，史天王忽然又問他。

「你看見那條船沒有?就是我們剛才坐來的那條船。」

「我看見了。」

「那是條好船。」史天王聲音中充滿了讚賞和欣慰：「我可以保證，那條船遠比它外表看起來還要好得多，不但輕巧快速，而且可以經得起大風大浪，船上的水和糧食也很充足，我還可以派兩個經驗最豐富的好手給你。」

「給我？」胡開樹已經覺得有點奇怪了：「爲什麼要給我？」

「你想不想活著回幽州？」

「想。」

「那麼你就只有坐那條船回去。」史天王說：「只要你能活著上了那條船，你就可以活著回去了。」

「大帥答應我的那件事呢？」

「什麼事？我答應過你什麼事？」史天王沉下了臉：「我只不過答應你，給你一個面子，收下你那份禮而已。」

胡開樹笑不出來了。

史天王卻又大笑：「胡開樹，你以爲我是什麼人？會替你做這種不仁不義出賣朋友的事？我要做這種事，也只有爲了我自己，怎麼會爲了你這麼樣一個卑鄙無恥的小人。」

虎踞在短榻上的史天王忽然猛虎般大喝：「你還不快滾！」

胡開樹是慢慢地退出去的。

因爲他知道無論他多麼快，也快不過史天王和白雲生。

他從這間已經有了血腥味的大屋退入陽光下。陽光燦爛，海水湛藍。

老太太和小媳婦仍在一針針一線線地修補著她們丈夫兄弟子孫的破衣裳和破漁網，赤著膊的孩子們仍在她們旁邊的沙灘上玩著五顏六色的貝殼。

整理漁船的兩個年輕人已經不知在什麼時候溜到什麼地方去幹什麼去了。

木屋裡的史天王和一直守護在史天王身旁的白雲生都依舊留在木屋裡，並沒有追趕阻攔他的意思。

胡開樹的精神又振起。

——只要你能活著上得了那條船，你就能活著回去。

這件事並不難。

那條船依舊泊在淺灘上，距離他最多也只不過有二、三十丈而已。

在這段距離中，已經沒有什麼人能阻攔他。這種機會他怎麼會錯過？

早潮已退去很久，海灘上的沙子已經被曬乾了，用腳踩一踩，已經很有力量。

胡開樹的腳用力一蹬，左腳用腳跟，右腳用腳尖，兩股力量一配合，身子已凌空掠起。以他的輕功，只要三五個起落，就到了那條船上了。

想不到就在他身子剛掠起來，忽然有一大片五顏六色的貝殼暴雨般打了過來。

貝殼是從那些赤著膊的小孩子手裡打出來的，帶起的急風破空聲卻好像是從機簧弩匣中打出來的利箭一樣。

胡開樹的力還沒有使盡，凌空翻騰，借力使力，又翻了個身。

就在他翻身的時候，天色彷彿忽然暗了，彷彿忽然有一片烏雲掩住了陽光。

天空澄藍，一碧如洗，哪裡有烏雲？掩住他眼前陽光的，只不過是一片漁網。

好大的一大片漁網。

漁網是從那些老太太、小媳婦手裡撒出來的，就好像真的是一大片烏雲，胡開樹前後左右的退路都已在這片烏雲的籠罩下。

他的力已盡了。

他已經完全沒有閃避招架抵抗的力量，那條近在眼前的漁船，已經變得遠在天涯。

就在這時候，忽然有一道閃電飛來，刺穿了烏雲，刺破了漁網。

天空澄藍，一碧如洗，怎麼會有閃電？這道閃電只不過是一柄劍的劍光。

好亮的劍光，好快的劍！

劍是從司徒平手裡刺出來的，一直都靜靜地坐在那裡的司徒平。

他靜坐的時候靜如大地，他一出手，他的劍就變得快如閃電。

誰也想不到他會忽然出手，胡開樹也想不到。

漁網穿破，胡開樹穿出，遠在天涯的漁船又近在眼前。

可是司徒平也忽然出現在他眼前，一張白臉，一雙冷眼，一柄利劍。

生死就在呼吸間，胡開樹能對他說什麼？最多也只不過能說一個字：「謝。」

更讓人想不到的是，他這個字居然說錯了。因爲就在他說出這個字的時候，以一雙冷眼看著他的司徒平，已一劍洞穿了他的心臟。

司徒平又坐下，安安靜靜地坐在他剛才坐過的那張椅子上，就好像什麼事都沒有發生過一樣。

可惜誰也不能否認已經有事情發生過了，而且是件誰都無法了解、也不能解釋的事。

——他救了胡開樹，爲什麼又要將胡開樹刺殺於劍下？

「司徒平。」

這位史天王一直像是木頭人一樣站在這間木屋最遠的一個角落裡，從這個角落裡，不但可以看到屋子裡每一個人的每一個動作，也可以看到海洋。

「你就是後起這一代劍客中，被人稱爲第一高手的司徒平？」

「不能算是第一，但也不能算是第二。」司徒平說：「第一與第二間的分別，也只不過在剎那毫厘間而已。」

「說得好。」

「我說得不好，我說的是實話。」

「你是來投靠我的？」

「我投靠的不是你，是海。」

「海比我更冷酷無情。」

「我知道。」司徒平說：「就因爲我知道，所以我才這麼做。」

「爲什麼？」

「因爲海無情，海上的風雲瞬息萬變，就好像劍一樣。」司徒平說：「只有在海上，我的劍法才能有精進。」

「你的想法不錯，可是你剛才卻做錯了。」史天王淡淡地說：「一個人如果死了，他的劍法就再也無法精進。」

「我知道。」

「在海上，違抗我的人就是死人。」

「我知道。」

「你也知道我要殺胡開樹，爲什麼要救他？」

「他也學劍，我不能眼看他死於婦人孺子之手。」司徒平說：「我殺他，只因爲他已然必死，既然要死，就不如死在我的劍下。」

「你呢？」史天王問：「如果你要死，你情願死在誰手裡？」

司徒平冷冷地看著他，看著他們，看了很久，忽然冷笑：「你不配問我這句話，你們都不配！」

「爲什麼？」

「因爲你們誰也不敢承認自己就是史天王。」

楚留香已經開始在替這個倔強而大膽的年輕人擔心了。

他相信從來也沒有人敢在史天王面前如此無禮，「在海上，違抗史天王的人就是死人。」這句話也一點不假。

想不到史天王卻大笑：「好，好小子，你真有種。我手下像你這麼有種的人還真不多。」

史天王盯著司徒平：「像你這樣的人來投靠我，我若殺了你，我還算什麼史天王，還有誰肯死心塌地的爲我拚命？」

他居然放過了這個年輕人，居然收容了他。

楚留香心裡忽然覺得有點懷疑了。

——史天王究竟是不是傳說中那麼殘酷兇暴的人？

這個世界上也許根本沒有人能真正了解他，就正如根本沒有人能分辨誰是真正的史天王一樣。

「楚香帥。」

史天王忽然用一種非常有禮的態度面對楚留香，措詞也非常斯文優雅，就像是又變成了另外一個人。

「香帥之才，冠絕天下，香帥之名，天下皆聞，卻不知香帥此來有何見教？」

「史將軍說得實在太客氣了。」楚留香苦笑：「我本來實在也該說些動聽的話，只可惜我說不出。」

「爲什麼？」

「因爲我的來意實在不太好。」

「哦？」

「我本來是要來殺你的。」楚留香嘆了口氣：「只可惜現在我又不能不改變主意。」

「爲什麼？」

「因爲我根本分不出我要殺的人是誰？」

史天王居然也嘆了口氣：「我明白香帥的意思，這實在是件很讓人頭疼的事，我相信一定還有很多人也和香帥一樣，在爲這件事頭疼無比。」

「史將軍這麼樣做，豈非就是要讓別人頭疼的？」

史天王又大笑道：「頭疼事小，殺頭事大，爲了保全自己的腦袋，我也只好這麼樣做了。」他問楚留香：「這一點不知道香帥是否也同意？」

「我同意。」楚留香說：「在你這種情況下，誰也不能說你做得不對。」

史天王目光炯炯：「那麼香帥現在準備怎麼做呢？」

沒有人知道楚留香現在應該怎麼做，連楚留香自己都不知道。

他曾經有很多次被陷於困境中，每一次他都能設法脫身。

可是這一次不同。

這一次他是在一個四面環海的荒島上，這一次他連他真正的對手是誰都不知道。

楚留香又開始在摸鼻子了。

「我可以想法子先衝出去，我也可以跟你們拚一拚。」他苦笑：「只可惜這些法子都不好。」

「香帥還有沒有什麼別的好主意？」

「沒有了。」

史天王微笑：「我倒有一個。」

「什麼主意？」

「我們爲什麼不叫人去弄幾十罈好酒來，先喝一個痛快再說。」

楚留香也笑了：「聽起來這主意倒實在不錯。」

於是他們開始喝，不停地喝。

他們喝的真不少。

將醉未醉時，楚留香彷彿聽見史天王在對他說：「你一定要多喝一點，就當作是在喝我的喜酒。」

夕陽如火，海水彷彿也被映成紅色的，看起來就好像瓶紅的葡萄酒。

楚留香已經醒了。醒來時雖然不在楊柳岸上，沙灘上的景色卻更壯麗遼闊。

白雲生不知道是在什麼時候來的。

「你醒了？」

「一個人不管喝得多醉都會醒的。」楚留香說：「我醉過，所以我會醒。」

「那麼不醉的人呢？」白雲生帶著笑問：「沒有醉過的人是不是就不會醒？」

「是的。」楚留香說得很認真：「這個世界上確實有很多事就是這樣子的。」

白雲生的態度也變得很嚴肅：「是的，的確是這樣子的。」

「史天王是不是已經走了？」楚留香忽然問：「玉劍公主是不是已經被送到他那裡去？」

「是的。」白雲生說：「他們的婚禮也就在這兩天了。」

楚留香遙望著遠方逐漸暗淡的彩霞，過了很久，才慢慢地說：「我不能阻止玉劍公主，我也殺不了史天王，這一次，我是徹底失敗了。」他問白雲生：「你知不知道這還是我第一次失敗。」

「我可以想得到。」

楚留香又看了他很久，忽然又笑了笑：「那麼我告訴你，一個人偶爾嘗一嘗失敗的滋味，也沒有什麼不好。」

「我知道。」

「你真的知道？」

「沒有敗過的人，怎麼會勝？」白雲生說：「這個世界上豈非有很多事都是這樣子的？」

船已備好。

「送君千里，終有一別，今日一別，後會無期。」白雲生緊握楚留香的手：「你要多珍重。」

楚留香微笑：「你放心，我絕不會因為失敗了一次就傷心得去跳海的。」

海船靠岸的地方，本來也是個貧窮的漁村，可是今日這裡卻顯得遠比平時熱鬧得多。村子裡擺滿了賣小吃的攤子，每個攤子的生意都不錯，吃東西的人雖然都作漁民打扮，可是楚留香一眼就看出其中至少有一大半不是靠捕魚維生的。

這裡無疑又有什麼奇怪的事要發生了，可是楚留香現在已經完全沒心情管別人的閒事。

他只想找個地方吃點東西喝點酒。

就在這時候，他忽然發現黑竹竿和薛穿心居然也混在這些人裡面。

他想去招呼他們，他們卻好像已經不認得他。

一個他從未見過的小女孩子卻在拉他的衣角，求他照顧她家一次生意。

「我們家不但有飯有麵有酒，還有好大好大的螃蟹和活魚。」

她生得一副楚楚可憐的樣子，她的一雙小手幾乎把楚留香的衣裳都扯破了，看起來她家確實很需要楚留香這麼樣一個闊氣的客人。

薛穿心和黑竹竿已人影不見，不知道躲到哪裡去了。

楚留香只有被她拉著走，拉到一個由普通漁戶人家臨時改成的小吃店裡。

這家人，確實需要別人來照顧他們的生意。因為別的攤子雖然生意興隆，這一家卻連一個客人也沒有。

楚留香嘆了口氣，生意不好的店，做出來的東西通常都不會太好吃的。可惜他已經來了。

「你們這裡有什麼魚？我要一條做湯，一條紅燒，一條乾煎下酒。」

小女孩卻在搖頭，「我們這裡沒有魚，也沒有酒。」她吃吃地笑——「剛才我是騙你的。」

楚留香苦笑。一個人倒楣的時候，真是什麼樣稀奇古怪的事都能遇得到。

小店後面一間房的重簾裡卻有個人帶著笑聲說：「這些日子來，你一定天天都在吃魚，難道還沒有吃膩？」她問楚留香：「你難道不想吃一點燒鴨火腿香菇燉雞？」

楚留香又怔住。他聽到這個人的聲音，他聽過她的聲音後就從未忘記。

「杜先生，是你？」

簡陋的小屋已被打掃得一塵不染，杜先生一向有潔癖。

木桌上仍然有一瓶開著八重瓣的白色山茶花，杜先生的風姿仍然那麼優雅。

「香帥一定想不到我會在這裡。」她的微笑如山茶：「可是我卻一直希望香帥會來。」

「其實我也早該想到了，看見薛穿心的時候我就該。」

村子裡那些陌生人，當然也都是她帶來的，爲了做這些人的生意，村子才會熱鬧起來。

「可是杜先生到這裡來幹什麼呢？」

「我們在等消息！」

「什麼消息？」

杜先生閃避了這個問題，卻嘆了口氣：「只可惜胡鐵花已經走了，也不知是急著要去喝酒，還是急著要去找你，剛把公主送上船，就已人影不見。」

公主已上船，現在也許已經在史天王的懷抱裡。

——是哪一個史天王呢？

楚留香不願再提這些事，他的心在刺痛，唯一讓他覺得有一點安慰的是——

「江湖人的傳說，有些並不是真的，史天王並不是傳說中那麼粗暴兇惡殘忍的人。」

「哦？」

「這是我自己親眼所見，我不能不告訴你。」

杜先生淡淡地笑了笑！

「可是你有沒有想到過，這也許只不過是他故意裝作出來給你看的。」她的聲音更冷淡，「他明明可以殺你，卻放你回來，也許只不過就因爲要你在江湖人面前替他說這些話。」

她又問：「江湖中還有誰的朋友比楚香帥更多？還有誰說的話比楚香帥更可信？」

杜先生冷笑：「史天王能找到楚香帥這麼樣一個人爲他宣揚名聲，實在是他的運氣。」

楚留香的心開始往下沉，外面的村子裡卻響起了一聲歡呼聲，就像是浪潮一樣，從海岸那邊傳過來。杜先生的眼睛裡也發出了光。

那個楚楚動人的小女孩已經小鳥般地飛闖了進來，喘著氣說：「消息已經來了，公主已經得手，已經在前天夜裡割下了史天王的首級！」

就在這一瞬間，所有的一切事都忽然像煙花般在楚留香心裡爆開。

——誰能刺殺史天王？誰能分辨出誰是真的史天王？

只有他的妻子。

沒有一個男人會在自己洞房花燭夜的時候讓別的男人代替他的。

這就是玉劍公主爲什麼一定要嫁給史天王的真正目的。

所以她才會在臨走的前夕，將她自己獻給她真正喜愛的人。

那湖畔的小屋，那湖上的月色，那一夕永遠難忘懷的纏綿，那個忍住了滿心哀痛，去爲別人犧牲了自己的人，那一彎血紅的新月，如今都已流星般消逝。

楚留香的心也像是煙花般爆開了，杜先生卻用力握住了他的手。

「我們成功了，我們終於成功了，我們大家付出的代價都沒有白費。」她緊握著楚留香：

「我知道你本來一定以爲這次你已徹底失敗了，可是這一次你也沒有敗。敗的是史天王。」

楚留香冷冷地看著她，冷冷、冷冷地看了她很久，才用一種幾乎已經完全沒有情感的聲音說：「是的。」

《新月傳奇》全書完，請續看《午夜蘭花》

【附錄一】

楚留香和他的朋友們

古龍

我想楚留香應該是一個相當有名的人，雖然他是虛構的，是一個虛構的小說中的人物，可是他的名字，卻「上」過台灣各大報紙的社會新聞版，而且是在極明顯的地位。

他的名字，也在其他一些國家造成相當大的震盪。

對於一個虛構的武俠小說人物來說，這種情況應該算是相當特殊的了。

一般來說，只有一個真實存在於這個社會中的人，而且造成過相當轟動新聞的人物，才能上得了一家權威報紙的第三版。

楚留香，很可能是唯一的例外。

——這個人爲什麼會是例外？他究竟有什麼特別的地方？

我想這個問題大概並不是每個人都能了解的，所以我在寫這篇《午夜蘭花》之前，至少應該先介紹一下楚留香這個人，和他的朋友們。

要介紹楚留香，就不能不介紹他的朋友，沒有朋友，就沒有楚留香了。

不論怎麼樣，我們當然還是要介紹楚留香。

關於楚留香

小說裡一定有人物，人物中一定有主角，無論寫什麼小說，大概都不能例外，就算天地一沙鷗中的那隻鷗，也是擬人化的，也有思想和情感。

武俠小說中的人物無疑是要比較特殊一點，無論形象和性格都比較特殊。

因為武俠小說寫的本來就是一種特殊的社會，小說中人物的遭遇通常都不是普通一般人會遭遇到的，而且常被「推」入一個極尖銳的「極端」中，讓他在一種極困難的情況下作選擇，生死勝負，成敗榮辱，往往就決定在他的一念間。

是捨生取義？還是捨義求榮？這期間往往根本沒有什麼選擇的餘地。因為武俠小說的作者一定要讓他的主角在這種磨練和考驗中表現出真正的俠義精神，表現出他的正直堅強的勇氣。

一個人如果經常會受到這種考驗，就好像一塊鐵被投入洪爐中，經過千錘百煉之後，自然會化凡鐵成精鋼的。

所以武俠小說中的主角，通常都是一個非常堅強的人，絕不屈服，絕不妥協，義之所在，百折不回。無論他們的外表看來像個什麼樣的人，這一點決心和勇氣卻是永遠不會改變的，就算他們的軀殼已因愁苦、傷痛、疾病而被傷害，這一點也不會改變，否則他就根本不會出現在武俠小說中，根本不值得寫了。

但他們是人，有血有肉，有思想有感情，所以他們也有很多種不同的類型，有些冷如岩石，有些熱情如火，有些木訥沉著，有些瀟灑風流，還有些平時看來雖然平凡懦弱，可是在他們面臨大節大事時，卻能表現出一種非常人所能企及的決心和勇氣。

人本來就有很多種，在創造小說中的人物時，當然也應該有很多種不同的形態，否則這種小說也根本不值得寫了。

就算在武俠小說的人物中，楚留香無疑也應該算是一個很特殊的人，有很多值得別人歡喜、佩服、懷念之處。

因爲他冷靜而不冷酷，正直而不嚴肅，從不僞充道學，從不矯揉做作，既不會板起臉來教訓別人，也不會擺起架子來故作大俠狀。

所以我也喜歡他。

所以我一直都想把他的故事多寫幾個，讓別人也能分享他對人生的熱愛和歡樂。

他這一生中本來就充滿了傳奇，有關他的故事本來就還有很多還沒有寫出來，每一個故事中都充滿了冒險和刺激，充滿了他的機智與風趣，也充滿了他對人類的愛與信心。

不把這種故事寫出來，實在是件很遺憾的事，而且讓人很難受。

所以我又決定要寫了。

在重寫這個人之前，我當然希望大家都能了解他是個什麼樣的人。

楚留香究竟是個什麼樣的人呢？

盜帥只有一個

江湖中人都知道楚留香——「楚香帥」，卻很少人知道這個人在哪裡？有多大年紀？長得什麼樣子？

因爲他成名極早，所以有人說他已「垂垂老矣」。可是也有人說他還很年輕，甚至還有的人說他已經學會「駐顏之術，能夠使青春常駐。」

因爲他有「盜帥」之名，所以有的人說他只不過是個比較有本事的大盜而已，可是也有人說他的「盜」只不過是一個手段而已，一種爲了使人間更公平合理的手段，而且他已經將這件事化作一種藝術。

一種極風雅的藝術。

有很多朋友都認爲我在開始寫他的故事時——那張短箋，最能表現出他這種特性。

「聞君有白玉美人，妙手雕成，極盡妍態，不勝心嚮往之，今夜子正，將踏月來取，君素雅達，必不致令我徒勞往返也。」

這是他要去「取」一件東西之前，先給那個主人的通知。

他要取一樣東西之前，一定會先通知對方，要對方好好防備。

他甚至還會告訴你，他要來取此物，只不過因爲你已經不配擁有它。

這是件很絕的事，實在很絕。

所以就連他的對頭們也不能不承認，這個人是獨一無二的。

江湖中永遠都不會有第二個楚留香，就好像江湖中永遠都不會有第二個小李飛刀一樣。

風流飄逸處處留香

可是楚留香和李尋歡不同。

他沒有李尋歡那種刻骨銘心的相思和痛苦，也沒有李尋歡的煩惱。

在他心裡，這個世界上根本就沒有什麼不能解決的事，所以也沒有什麼真正能令他苦惱的問題。

只不過他也是個人，有人性中善的一面，也有惡的一面。

可是他總能將惡的一面控制得很好。

有時他也會做出很傻的事，傻得連自己都莫名其妙，有時他甚至會上人的當。

幸好他總是很快就會發覺，而且就是上了當之後，也能一笑置之。

他總認爲，不管在多麼艱難困苦的情況下，能夠笑一笑總是好事。

沒有事的時候，楚留香總喜歡住在一條船上。

一條很特別的船，潔白的帆，狹長的船身，輕巧快速，甲板光滑如鏡，通常停泊在海邊，船舷下通常都吊著一瓶從波斯來的葡萄酒，讓海水把它「鎮」得剛好冷得適口。

他不在這條船上的時候，也有人替他管理照顧這條船。三個女孩子，聰明而可愛的女孩子。

蘇蓉蓉溫柔體貼，負責照料他的生活衣著起居，李紅袖是才女，對武林中的人物典故如數家珍，宋甜兒是女易牙，精於烹飪，蘇蓉蓉和李紅袖都很怕她，怕她說「官話」。

「天不怕，地不怕，就怕廣東人說官話。」

宋甜兒說的官話確實很少有人能聽得懂，可是人與人之間如果心意相通，又何必說話？

楚留香的鼻子從小就有毛病，從現代的醫藥觀點來看，大概是鼻竇炎一類的毛病。

所以他常常喜歡摸鼻子。

可是這種毛病並沒有讓他苦惱過，這條路不通，他就換一條路走，鼻子不通，他就訓練自己用另外一種方法呼吸。

人生中有很多事都是這樣子的，偉大的畫家眼睛常常不好，偉大的音樂師往往耳朵不太靈，貝多芬晚年已經是個聾子。

楚留香的鼻子不好，卻最喜歡香氣。

每當他做過一件很得意的事情之後，就會留下一陣淡淡地，帶著鬱金香花芬芳的氣息。

這就是「楚留香」這個名字的來歷。

第八個故事

像楚留香這麼樣一個人，當然有很多朋友，各式各樣的朋友。

他的朋友中有少林寺的方丈大師，也有滿街化緣的和尙，有冷酷無情的刺客，也有感情衝動的少年，有才高八斗的才子，也有一字不識的村夫。

胡鐵花也是個妙人。

他喜歡找楚留香拚，喜歡學楚留香摸鼻子，沒事也要「臭」楚留香幾句，找找楚留香的麻煩。

他也和楚留香一樣，喜歡酒，喜歡女人，喜歡管閒事，打抱不平。

——喜歡他的女人，他都不喜歡，他喜歡的女人，都不喜歡他。

楚留香這一生中做過各式各樣的事，好事做得固然多，傻事也做得不少。他幾乎什麼事都做，只除了一件事。

——他絕不做自己不願意做的事，這個世界上絕對沒有任何人能夠勉強他。

這就是楚留香。

他這一生中實在是多采多姿，充滿了傳奇性。

也許就因爲他是這麼樣一個人，所以無論他走到哪裡，都會遇到一些與眾不同的人，發生一些不同凡響的事情。

只要有關他的故事，就一定充滿了不平凡的刺激。

楚留香的故事，我只寫過七篇，有《血海飄香》、《大沙漠》、《畫眉鳥》、《借屍還魂》、《蝙蝠傳奇》、《桃花傳奇》和《新月傳奇》，若還有第八篇，恐怕就是別人冒名寫出來的人。

對於那些冒古龍的名，寫楚留香的故事的人，我雖然覺得啼笑皆非，卻也很感激他們的好意。因爲他們至少對古龍這名字還看得起，至少也和我一樣，覺得楚留香這人很有趣。

只可惜他們的寫法和做法未免有些無趣而已。

楚留香的故事，每篇都是完全獨立的。現在我就要寫他的第八個故事。

有敵也有友

每一個作家，寫稿的經歷都是有轉變的。風格有轉變、文字有轉變、思想有轉變、名聲有轉變，稿費當然也有轉變。

能活在這個世界的作家中，不能轉變的，就算還沒有死，也活不著了。

——就如一個作家寫了一部很成功的小說後，還繼續要寫一部相同類型的小說，甚至還要寫第二部、第三部、第四部。

——如果一個作家不能突破自己，寫的都是同一類型同一風格的小說，那麼這位作家就算不死，在讀者心目中，也已經是個「死作家」。

逆水行舟，不進則退。退就是死。

新就是變。

我寫楚留香「新」傳，當然一定要變，只不過我寫的「楚留香新傳」，寫的還是「楚留香」。

——寫的還是楚留香和他的朋友們。

楚留香是個非常可愛的人，他當然會有很多朋友，一個有很多朋友的人，當然也不會沒有很多仇敵——一個人如果總是常常維護他的朋友，怎能會沒有仇敵？

仇敵往往會給一個最致命的傷痛，可是朋友仍然還是一個人一生中最重要的。

無友亦無敵，平靜過一生的人，日子也許過得安詳快樂，是不是真的快樂，就很難說了。

可以確定的是，我們的「香帥」楚留香，是絕不願意過這種日子的。

他「有友」，也「有敵」。

他的朋友多，仇敵也不少。

爲了深入這個人，我不但要變他的朋友，也要變他的仇敵。

是應該先變朋友，還是先變仇敵呢？

朋友。

無論從任何順序上來說，朋友，總是占第一位的。

楚留香的朋友們

胡鐵花

要寫楚留香，當然不可不寫胡鐵花，我在前面雖然寫過，可是「一點」是絕對不夠的。

所以現在我還要再寫好幾個「一點」。

胡鐵花不是楚留香，我們甚至可以說，他和楚留香是完全不同的兩個人。

這個世界上往往有很多事都是這個樣子，恩愛的夫妻，親密的朋友，往往都不是同一類型的人。

他們都以四海爲家，浪跡天涯，行蹤不定。

只不過楚留香並不是個浪子，胡鐵花才是。

楚留香是遊俠。

遊俠沒有浪子的寂寞，沒有浪子的頽喪，也沒有浪子那種「沒有根」的失落感，也沒有浪子那份莫名其妙無可奈何的愁懷。

遊俠是高高在上的，是受人讚揚和羨慕的，是江湖大豪們結交的對象，是「胯下五花馬，身披千金裘。」，是「騎馬倚斜橋，滿樓紅袖招。」的濁世佳公子。

浪子呢？

胡鐵花不是遊俠，是浪子。

他看起來雖然嘻嘻哈哈，稀裡嘩啦，天掉下來也不在乎，腦袋掉下來也只不過是個碗大的窟窿，可是他的內心卻是沉痛的。

一種悲天憫人卻又無可奈何的沉痛，一種「看不慣」的沉痛。

……這個世界上有很多人，很多事是他看不慣的，而且非常不公平，可是以他一個人的力量，他能怎麼辦呢？

他只有坐下來喝酒。

這種心情當然不是別人所能了解的，別人愈不了解他，他愈痛苦，酒喝得也就愈多。他的酒喝得愈多，做出來的事也就更怪異，別人也就更不了解他了，到後來，有些人甚至已經認爲，他已經變得像是以前傳說中的「酒丐」、「瘋丐」那一類的人物了，有些人甚至索性認爲他已經變成了個瘋子。

只有楚留香知道胡鐵花絕不是個瘋子，所以胡鐵花爲了楚留香也可以做出任何人都做不到的事，甚至可以把自己像火把一樣燃燒，來照亮楚留香的路途。

有很多讀者都認爲楚留香這個人是一個可以令大家快樂的人，可是在我看來他這個人自己是非常不快樂的。

姬冰雁

姬冰雁看起來是非常不快樂的，冷冷淡淡，面無表情，在香港製作的電視劇集裡，他甚至被女孩們稱之爲「木頭」。

這種說法真是荒謬可笑至於極點。

姬冰雁不是木頭，也不是石頭，也不是冰塊。

他是座火山。

在他已經凝固冷卻多年的岩石下，流動著的是一股火燙的血，他也像胡鐵花一樣，隨時可以爲他的朋友付出一切。

中原一點紅

在某一方面來說，中原一點紅做事的方法是和姬冰雁有些相同的。

他一身黑衣，面如死灰，瞬息殺人，面不改色。

他是天下索價最高的職業殺者，「合約」一定，永無更改，他要殺的對象也就死定了。

他的劍術精絕，「殺人不見血，劍下一點紅。」他的一劍刺出，只要能奪取對方精靈魂魄就已足夠，又何必要別人多流血？

——他是個藝術家，不是屠夫。

他的「合約」只有一次沒有完成，因爲他忽然覺得這次他要殺的對象是他的朋友，是一個值得他尊敬信任的朋友。

這個朋友當然就是楚留香。

左輕侯

左輕侯是擲杯山莊的主人。

擲杯山莊在松江府城外，距離名聞天下的秀野橋還不到三里，每年冬至前後，楚留香幾乎都要到這裡來住幾天，因爲他也和季鷹先生張翰一樣，秋風一起，就有了蓴鱸之思，因爲天下唯有松江秀野橋下所產的鱸魚才是四鰓的，而江湖中人誰都知道，擲杯山莊主人左二爺除了掌法冠絕江南之外，親手烹調的鱸魚更是妙絕天下。

江湖中人也都知道，普天之下能令左二爺親自下廚房，洗手做魚羹的，總共也不過只有兩個人而已。

楚留香恰巧就是這兩個人其中之一。

但是這一次楚留香到擲杯山莊來，並沒有嘗到左二爺妙手親調的鱸魚膾，卻遇到了一件平生從未遇的，最荒唐、最離奇、最神秘，也最可怖的事。

他爲左二爺解決了這件事，所以不管他出了什麼麻煩，左二爺也會爲他解決的。

像左輕侯這樣的江湖大豪，爲了解決一件事，通常都是不計一切後果，不擇一切手段的，甚至連身家性命，都在所不惜。

這或許也就是他們能成爲武林大豪的原因。

不寫的朋友

楚留香的朋友多采多姿、五花八門，而且全都精采絕倫，誰也不知道究竟有多少個朋友，可是這一次我只寫了這幾個。

因爲與我們這一次將要看到的這幾個故事中無關的朋友，我不寫。

關係不大的，我也不寫。

楚留香認識很多很多種不同女孩子，有的姿容婉妙，有的溫柔體貼，有的刁蠻潑辣，有的天真活潑，有的心如蛇蠍，可是她們也有相同的地方。

她們見到楚留香的時候，她們的心，就會變得像初夏暖風中的春雪一樣溶化了。

可是我並不認爲她們是楚留香的朋友，因爲我總認爲在男女之間「友情」和「義氣」是很少會存在的，也很難存在。

所以我不寫。

還有一些根本不是朋友的朋友，出賣朋友如刀切豆腐，吃起朋友如吃龜孫，錦上有花，雪中無炭，恩將仇報，口蜜腹劍，嘴裡叫哥哥，腰裡掏傢伙。

這種「朋友」，你叫我怎麼辦？

疑問和傳言

如果這個世界上真的有楚留香這麼樣一個人存在，那麼在他活著的時候，就已經是個傳奇人物。

一個傳奇人物所引起的爭議和問題，通常都是非常多的，無論在他生前死後都一樣。

目前街頭巷尾，大街小巷，尤其是在台北，大家都在談論楚留香。

大家最有興趣的一個問題是——

楚留香和他的三個「天使」——蘇蓉蓉、李紅袖和宋甜兒之間，有沒有什麼特別的關係？一個風流倜儻的楚留香，三個甜甜蜜蜜的小女孩，同居一船，會怎麼樣？能怎麼辦？

答案是：

——你說怎麼辦，就怎麼辦？你說應該怎麼樣，大概也就是那麼樣一個樣子了。每個人都有他自己的想法，如果你一定要那麼想，誰也沒有法子叫你不那麼想。對不對？

楚留香的身世

有關於這個問題，是最容易回答的，因爲這個問題根本就沒有答案。因爲楚留香根本就沒有過去只有現在和未來。

版權問題

在一個有文明有文化有法治的地方，一個創作者的權益，是絕對會受到保護的，如果他的版權受到損害，對方一定會受到法律的制裁。

關於「楚留香」的版權問題卻是一個很滑稽的例外。

中華民國是一個尊重人權，尊重版權的地方，可是因爲某一種疏忽，卻有很損及有關「楚留香」版權的地方出現。

一個小說中的人物能夠被群眾所重視，被群眾所歡迎寵愛，造成一股相當大的轟動，使得這個人物的名字能夠在娛樂界、影視界，甚至音響唱片界，甚至在服裝界、建築界，都造成一種相當大的轟動，這種光榮，當然是屬於大家的。

屬於製作群，以及扮演劇中人的演員明星們。

可是這個人物的版權，絕不屬於哪部電影或哪部電視影集的製片、導演、演員，就算那個演員是明星也一樣，不能例外。

阿嘉莎克麗斯蒂創造「包洛特」，柯南道爾創造「福爾摩斯」，無論哪一個行業，如果要使用「包洛特」和「福爾摩斯」的名字，都一定要經過作者本身或者作者親屬、後代的同意，而且要付給他們一筆相當龐大的數目作爲權利金，無論哪一種行業都不能例外。

伊恩佛來明創造的「〇〇七」，更是一個最好的例子。

無論哪一個行業要用「〇〇七詹姆士・龐德」作爲宣傳號召，都要經過作者的同意，「史恩康納萊」和「羅傑摩爾」是無權做主的，因爲他們只不過是飾演這一個角色的演員而已。

楚留香呢？

我笑了。

我只有笑笑，講起來我可以打官司，而且我可以說我是絕對可以受到法律保障的。

可是我只有笑笑，因爲自千古以來中國的文人是不喜歡打官司的，打官司麻煩，太不好玩，肥肥和秋仔卻又是那麼好玩的人。

除了笑笑，還能怎麼樣？

可是在一個有法治，有文化的地方，這個問題還是應該提出來讓大家來對準眼睛看一下的。

用眼睛對準來看一下的意思，換句話來說，也就是希望有關這種事件的各方面也應該用一種非常「文明」的態度，來「正視」這種問題。

我相信這一定也是千千萬萬辛苦創作的朋友，所希望有關方面正視的問題。

結論

江湖中關於楚留香的傳說很多，有的傳說甚至已接近神話。

有人說他，「駐顏有術已長生不老」，有人說他「化身千萬，能飛天遁地」。

只有一件事，是大家公認的。

如果楚留香要在今天晚上偷光你的褲子，那麼明天早上你大概就再也找不到一寸可以穿在你腿上的綢緞絲棉皮毛布料了。

甚至可能連一張不透光的紙都找不到。

甚至有很多人相信，他能夠在你不知不覺間，偷掉你的腦袋。

最妙的是他只偷褲子和腦袋，只偷天下大多數人都希望他去偷的東西，譬如說，奸賊的壞心，盜匪的惡膽，這些他都是要偷的。

這種「偷」是一種「偷」？還是一種藝術？

現在我又要寫楚留香了，寫的是《午夜蘭花》，因爲他這一生中實在是充滿了傳奇性，不可不寫，也不能不寫。

他無論走到哪裡都會遇到一些非常不平凡的人，發生一些非常不平凡的故事，只要有關他的故事，就一定會充滿了一些非常不平凡的興奮和刺激。

《午夜蘭花》故事是全新的，而且完全獨立。

這個故事，我相信大概是大家都想不到的故事，而且是會讓大家都大吃一驚的。因爲這個故事在一開始時，楚留香就已經是個死人。

能夠讓大家都大吃一驚，豈非正是一個作家的最大目的之一？

所以這個故事我想不寫都不行。

所以現在我要推出「楚留香新傳」的另一個故事——午夜蘭花。

【附錄二】

訪古龍談他的「楚留香」新傳

林清玄

重見古龍，他顯得比以前清瘦了。

古龍不得不清瘦。

因爲「楚留香」轟動台北，鄭少秋在「來來」做秀，中視播完轉到華視，連立法院也談論楚留香的時候，沒有人問過古龍的意見。

「楚留香」是古龍創造的，大家在談楚留香時，竟忘了他是古龍筆下的人物，以爲鄭少秋生來就是楚留香。

在我們這個社會裡，彷彿任何人都可以決定楚留香的命運，除了古龍。

清瘦並沒有減少古龍的豪情，他還是朗笑震屋瓦，一口可以乾一大杯烈酒。

但是他說：這一次我要讓楚留香死！

你要害死楚留香？別開玩笑！你會受人唾罵的。

「人總有一死，遊俠不例外，浪子也不例外。」古龍說。

「楚留香不會死的，因爲他在千千萬萬人的心中活過。」我說。

「這一次楚留香一開始就是個死人。」

古龍又笑了。

笑得爽朗，也笑得神秘。

在古龍重寫楚留香傳奇的「午夜蘭花」中，楚留香真的會死嗎？

古龍乾掉一杯白蘭地，說：「這要看了小說才知道。」

對於楚留香，雖然他有時變成理髮廳的招牌，他有時化成各種廣告，古龍對他還是自豪的。

他說：「楚留香是這幾年來，虛構的小說人物裡最受注目的。他有一段時間，幾乎每天出現在報紙影劇版上，還上過第二版和第三版。」

古龍說：「近年來坊間有哪一個小說人物像楚留香一樣讓人爭論不休呢？」

我們一起喝酒的那天，飯館廚房的師傅們正在爲楚留香爭論不休。

一群人說：香帥會和蓉蓉結婚。

一群人說：香帥會和沈慧琳結婚。

爭來爭去沒有結論，飯館經理說：「古先生在這裡吃飯，我們何不去問他？」

古龍聽了哈哈大笑！

一位朋友說：「人家說第一次結婚是好奇，第二次結婚是愚蠢，第三次結婚是瘋狂。」

「楚留香是天才，不是瘋子。」古龍回答得很特殊。

喜歡楚留香的人，總不免要問：古龍是怎麼創造楚留香的？

「創造？」古龍說：「楚留香是自然存在這個世界的，遊俠的典型每一個時代都有。」

「如果說我的思想是一個雞蛋殼，楚留香就是一把錘子。」古龍又說。

總有個動機吧？

動機是在許多年前了。

那時〇〇七的史恩康納萊，正像一陣狂風吹擊台灣，而受影響最大的是古龍。

〇〇七殘酷但優雅的行爲。

冷靜，但瞬息的爆發力。

神經，但時時自嘲的幽默。

微笑，但能面對最大的挫折。

這幾種品質，使古龍創造了楚留香。

許多人都誤以爲武俠的世界是一個暴力的世界，血濺五尺，干戈七步。楚留香是個異數，也是個藝術，他從來不殺人，他免不了暴力，但古龍說他是「優雅的暴力」。

什麼是「優雅的暴力」呢？

剛開始楚留香的故事時，古龍寫的一張短箋最能表達！

「聞君有白玉美人，妙手雕成，極盡妍態，不勝心嚮往之，今夜子正，將踏月來取，君素雅達，必不致令我徒勞往返也。」

這就是「優雅的暴力」，這種「優雅」，是中國古代英雄裡缺乏的，為了讓中國的英雄也有這樣的人物，古龍創造了楚留香。

楚留香的優雅，古龍認為不是英雄年輕瀟灑的那一類。他心目中的楚留香，是經過層層的挫折，層層的考驗，層層的奮鬥，層層奇情激盪，自然在外表上有了看透人世的「優雅」，因此，他對楚留香的搬上螢幕，要求就比一般人更多了。

「小說中的人物往往比電視的影像還要豐富，因為它可以聯想。就像我們看一張風景畫片，總是比實景來得美。楚留香在電視出現，就失去了他許多可貴的特質了。」

古龍對出現在楚留香身邊的幾位人物也不滿意，尤其是胡鐵花。

看過古龍小說的人都知道，胡鐵花是他極鍾愛的人物，甚至不亞於楚留香。胡鐵花和楚留香一樣，喜歡酒，喜歡女人，喜歡管閒事，喜歡打抱不平。

問題是，喜歡他的女人，他都不喜歡，他喜歡的女人，都不喜歡他。

「如果說楚留香是遊俠，胡鐵花就是個浪子了。」古龍說。

因為胡鐵花的內心有一種「悲天憫人而又無可奈何的沉痛」，這種沉痛往往使他的行為走上極端，他看不慣這個世界的許多事，但是無力改善，於是終日縱酒。

但是，在古龍心中，胡鐵花絕不是電視上那位只會喝酒的傻子。

我們如果說，古龍的所有小說，最中心的目的是在寫朋友的義氣。

寫朋友的兩肋插刀。

寫朋友的蹈火赴湯。

寫朋友的萬死不辭。

寫朋友的皇天后土。

那麼我們可以說，楚留香和胡鐵花是最令人難忘的一對朋友。

「遊俠」和「浪子」有許多相同的地方，他們行蹤飄泊，四海為家，策馬天涯。

然而，「遊俠」和「浪子」本質是不同的，一個天天都是早上的晨曦，一個日日都是黃昏的彩霞。

楚留香與胡鐵花正是如此。

他們是最好的朋友，即使是完全不同的兩個人，還是最好。

就像溪山各異，但雲月相同。

古龍筆下的朋友，都是可以互相燃燒自己成一把火，來照耀對方前路的，都是可以橫刀亮出赤紅的肝膽，為對方犧牲的，都是可以一聲應諾，千金不換的。他這條理由可以追索到傳統的背景，就是士為知己者死的義氣，是延陵季子掛劍的浪漫，是伯牙鍾子期斷琴的絕唱！

這是古龍小說最珍貴的地方。

也是楚留香和胡鐵花最令人遐想的地方。

武俠人物的義氣平常是看不出來，只有在他們面臨大節大事大是大非時，才像火山突爆，表現了不是常人可以達到的決心和勇氣。

「決心和勇氣」是江湖人的氣質，也是楚、胡令人難忘的氣質。

楚留香在古龍的江湖裡出現了許多年。

然而古龍只爲他寫過七個故事：《血海飄香》、《大沙漠》、《畫眉鳥》、《借屍還魂》、《蝙蝠傳奇》、《桃花傳奇》、《新月傳奇》。目前要連載的《午夜蘭花》是楚留香的第八個故事。

「我還要寫更多楚留香的故事。」古龍說：「像楚留香這麼精彩的人，他有許多寫不完的故事，有時候不寫都不行。」

「既然他這麼精彩，爲什麼停這麼多年不寫?」

古龍陷入了一個小小的沈思。

他幾年不寫楚留香，有三個原因。

一是吟松閣風波。

二是離婚，妻子和情人都遠去了。

三是他拍的「劍神一笑」和「再世英雄」賣座不佳。

古龍是個江湖人。

江湖人也是人，免不了喜怒哀樂，竟使他無心寫楚留香。

重寫楚留香，心情是怎樣的？

「我從楚留香之死寫起，頗有置之死地而後生的意思。我心情和生活上的變化，影響到楚留香的心情和生活的變化，所以這個故事是和以前都不一樣的。」

古龍認爲，一個小說家如果打不破自己的限制，在灰爐裡重生，那麼這個小說家就死了。

古龍不願做個「死」的小說家，因此他要和楚留香一起重生。

「新傳」裡的楚留香，寫的仍是楚留香和他的朋友們，只是風格變了。

唯一不變的還是朋友的義氣。

談到吟松閣風波，古龍撩起腕上一道鮮紅的刀痕，卻哈哈大笑，說：「我受傷的時候，家裡賓客盈門，朋友都來看我，真是一段快樂的日子。」

這就是朋友。

這也就是古龍，任何事成爲過眼雲煙，在他也只是一杯酒，一串笑聲。

能把這些事看淡，是一種藝術。

他的小說也是這樣，他寫盜帥楚留香，寫的不是小偷，是藝術家；他寫醉貓胡鐵花，寫的不是酒徒，是藝術家；他寫殺手一點紅，寫的不是屠夫，是藝術家；他寫女易牙甜兒，寫的不是廚子，是藝術家——他有一個大的企圖，即使是普通的人物，也用藝術的手段。

古龍的小說是他的夢想世界，也是許多人的夢想世界。

許久不見古龍，他的酒量已經有一點不如從前了。

我問他是什麼原因。

他說：「我的身上有二千八百CC的血液，在吟松閣一刀以後，恐怕有二千CC是別人輸的血，別人的血怎麼能像我一樣會喝酒呢？」同樣的，讀過古龍原著裡的楚留香，就會發現這個香帥和電視、電影裡的都不一樣，因爲其中流動的是古龍的心血。

這一次，古龍走到一個風的嘯聲中，來到一條死寂的老街上，爲我們帶來新的楚留香，無論他走到哪裡，都會遇到一些與眾不同的人，發生一些不同凡響的事情的——盜帥楚留香！

【附錄三】

泛論古龍的武俠小說

歐陽瑩之

武俠精神與武俠小說

武俠小說承繼著悠久的傳統，它的根，深深紮在我國歷來的武俠精神中。遠在先秦，武士俠客輩出，如毀軀報故君的豫讓，千里救宋急的墨子，犯險赴友難的信陵君，悲歌入強秦的荆軻……千載之下，我們仍可以在他們的俠蹟中感到一股凜然氣概。遊俠因「不愛其軀，赴士之阨困，既已存亡生死矣，而不矜其能，羞伐其德。」故《史記》載《刺客列傳》、《遊俠列傳》。

「國家重於生命，朋友重於生命，職守重於生命，然諾重於生命，恩仇重於生命，名譽重於生命，道義重於生命，是即我先民意識中最高尚純粹之理想，而當時社會上普遍之習性也。」

這種武俠精神，其實表現了我國傳統的理想人格：澹泊明志，重義尚勇；唯其明志，所以遊心於大，居天下之廣居，立天下之正位，行天下之大道，而不沉溺於卑陋凡下處；唯其澹泊，所以，得志能與民由之，不得志能獨行其道；唯其重義，所以富貴不能淫，貧賤不能移；唯其尚勇，所以威武不能屈——大丈夫習文者爲儒，習武則爲俠，古書常儒俠並稱。

武俠精神就是武俠小說的靈魂氣質。其實我國文學描頌武俠精神有很長歷史，武俠小說是最近代的而已。

社會上有不平而後有俠。俠以磊落豪情、滿腔熱血管天下不平事，雖不免觸犯政府禁令，但使千里之外，聞風而悅，所以雖然漢景帝、漢武帝大誅遊俠，正史自《後漢書》以降不載遊俠列傳，但民間文學卻不斷揚揄武俠。陶潛「少年壯且厲，撫劍獨行遊」。李白「十五好劍術，偏干諸侯」，「三杯吐然諾，五嶽倒爲輕」，「呼盧百萬終不惜，報讎千里如咫尺。」唐、宋傳奇裡，已有不少像虬髯客、紅線、崑崙奴、空空兒等典型武俠人物。

宋朝話本、明代白話小說裡，瓦崗三十六將，多出身綠林，水滸一百八人皆寄身江湖，即使《三國演義》的諸葛亮、關羽亦以義氣相感召，《西遊記》的孫行者更喜路見不平，掣棒相助。這些小說深得廣大民眾喜愛，歷久不衰。

到了清代，更有讚美忠義、俠勇的俠義小說如《七俠五義》、《兒女英雄傳》等，「是俠義小說之在清，正接宋人話本正脈，固平民文學之歷七百餘年而再興者也」。俠義小說一再演變而成武俠小說。

早期的武俠小說，如平江不肖生的《江湖奇俠傳》，還珠樓主的《蜀山劍俠傳》，寫劍俠仙法術，已在大眾心目中具莫大吸引力。

以金庸《射雕英雄傳》爲代表作的新派武俠小說，據說在全盛時期作者多達三百，其中粗劣濫作的固然不少，但獨具風格的幾家如梁羽生、金庸、獨孤紅、古龍等，在中文造詣及文字運用技巧方面，卻是很少現代作家所能夠企及的。

新派武俠小說的特色在奇情詭異，如神功怪招，劇毒仙丹、秘笈寶藏、異人靈鳥等層出不窮，幾成公式。較好的還只用這些作爲點綴，低劣的則光靠花招媚俗取寵，很多這等小說稱作打鬥小說更爲合適。

約從一九六九年開始，古龍一連幾部作品又把武俠小說帶入一新境界。本文討論的就是古龍這時期的小說。

與一般新派武俠小說比較，古龍這時期的作品在內容上由武返俠，重振武俠精神；在意境上一洗靡靡浮陷的風氣，轉爲清勁秀拔，從蒼鬱中見生機，如《蕭十一郎》便是一部份量很重的悲劇；在結構上力挽橋段生動但通篇散漫的弊病，特別注重節奏明快，輻輳謹嚴；在人物上捨棄除武功天下第一外毫無性格的大英雄形象，改寫有血有淚的江湖人：如蕭十一郎是個聲名狼藉的大盜，孟星魂是個不見天日的刺客，傅紅雪是個沉默孤獨的跛子，王動是個終日不動的懶鬼，但這些不算英雄的人，卻常更能表現出真正的俠氣。

依尼采的區別來衡量文學價值：「我每次都問：它是創自枯竭的命泉，抑橫溢的生機？」我們可以發現古龍六九至七九年間的作品的確靈氣流轉，生機橫溢。放在時下一些東施捧心式的文藝小說中，古龍剛勁高暢的武俠小說就像爛泥沼中一塊硬的土地；與台灣很多淺薄矯扭的現代文學比較，古龍若不經意的創作就像陰溝旁的長江大河。

然而，不論它有何深度，武俠小說終屬傳奇小說一類，因而被許多職業文人譏為只可消遣，不可登大雅之堂。

我認為這種歧視實在是一種偏見。不錯，膚淺無聊的傳奇小說很多，就像膚淺無聊的「嚴肅文學」一樣多。但不深入觀察，單憑粗略的文體劃分來判定小說優劣，不但迂腐，而且不負責任。

古今中外，傳奇文學都極受歡迎。好的傳奇有時像神話、像夢幻，在怪幻不經中顯露人類最秘密的思慮；有時傳奇又像戲劇、像寓言，運用象徵的手法，借一個簡化的世界來集中筆力，深刻反映出人心底某些最原始的渴望、恐懼和掙扎。

傳奇文學通俗，但不必流俗，故能雅俗共賞。以今天為例，從大學生到小學童，從工人小販到大學教授，都欣賞武俠小說。傳奇又不像一些自命高級小說枯澀沉悶，它能在奇情中寓深意，在懸疑中露真情，在消遣中撼人心，在娛樂中化氣質。三百多年前，王陽明的三傳弟子李贄已指出：「孰謂傳奇不可興、不可觀、不可以群、不可以怨乎？飲食宴樂之間，起義動慨多矣。」

古龍的武俠小說

古龍寫了約二十年武俠小說，作品多不勝舉。

早期的《飄香劍雨》、《月異星邪》、《殘金缺玉》等，劣拙不堪。其他如《浣花洗劍錄》、《名劍風流》、《護花鈴》、《孤星傳》、《劍客行》等連串作品，都屬過得去的武俠小說，而且每見進步。到《大旗英烈傳》、《武林外史》、《絕代雙驕》等，已可與港台任何一位武俠小說家的作品並列比較了。

大約在一九六九年前後，古龍不論在意境或風格上均有大突破，從此他的小說進入了一個新境界。我要討論的只是古龍近八九年的作品，這期間他共作了三十多部，字數幾達一千萬。以下開列他這時期的作品及約莫著作年代：

《多情劍客無情劍》（六九—七〇）

《蕭十一郎》（六九）

楚留香的故事——《血海飄香》、《借屍還魂》、《蝙蝠傳奇》、《桃花傳奇》（六九—七二）

《流星．蝴蝶．劍》（七〇）

《歡樂英雄》、《大人物》（七一）

《邊城浪子》、《絕不低頭》（七二）

七種武器——《長生劍》、《孔雀翎》、《碧玉刀》、《多情環》、《霸王槍》（七二—七三）

《狼山》、《火併蕭十一郎》、《劍・花・煙雨江南》、《七殺手》、《九月鷹飛》（七三）

陸小鳳的故事——《金鵬王朝》、《繡花大盜》、《決戰前後》、《銀鈎賭坊》、《幽靈山莊》、《鳳舞九天》（中斷）（七二—七四）

《天涯・明月・刀》（七四）

驚魂六記——《血鸚鵡》、《吸血蛾》（極似黃鷹代筆）（七四—七五）

《三少爺的劍》（七五）

《白玉老虎》（七六、未完）

《大地飛鷹》、《碧血洗銀槍》（連載中）

有些武俠小說家認爲「武俠小說畢竟沒有多大藝術價值」，「最好不要與正式文學相提並論」。

古龍並不這樣想：

「我總希望能創造一種武俠小說的新意境。」

「武俠小說寫的雖然是古代的事，也未嘗不可注入作者自己的新觀念。」

「因爲小說本就是虛構的。」

「爲什麼不改變一下，寫人類的感情、人性的衝突，由感情的衝突中，製造高潮和動作。」

「總有一天，我們也能爲武俠小說創造出一種新的風格，獨立的風格！讓武俠小說也能在文學的領域中佔一席地，讓別人不能否認它的價值。」

古龍的武俠世界

郭大路做鏢師，將鏢銀分給一班想劫他鏢的窮賊，但卻並非因爲「仗義疏財是大俠本色」——他散鏢銀，只因他是郭大路。（《歡樂英雄》）

孫玉伯非但放過要殺他的高老大，還把她一心想奪取的地契送給她，但他卻絕非「愛他的仇敵」——他拉高老大一把，只因他是孫玉伯。（《流星．蝴蝶．劍》）

古龍筆下很多人物的處事言行，均發乎他們內在的性情，如莊子般清越灑脫，而不拘泥於一套外在格律。他們唯求能明其本心，盡其本性，至於別人把他們看作聖人或呆子、兇手或大俠，他們根本不放在心上。

古龍寫的不是「好人」，更不是「善人」，他寫的是大丈夫。

大丈夫頂天立地，不曲從權威或任何形式格律。孟子曰：「必敬必戒，無違夫子，以順爲正者，妾婦之道也」，「大人者，言不必信，行不必果，惟義所在。」

尼采探道德泉源，發現人有自主性及奴性之分，而大丈夫所表現的，正是明心盡性、從心所欲不逾矩的自主道德（master morality）。

在古龍的小說裡，我們可以發現尼采所推揚的那種豪雄自強的意志，堅毅勇猛的精神，冰清深遠的孤寂，橫絕六合的活力，甚至乎對女人的那些偏見。

然而古龍的修養還未到家，所以他雖然寫出很多確能舒展無畏、自盡其意的人物，但當他刻意去塑造一些大英雄形象時，便似力有不逮而要借外在形式來支撐這些英雄的「偉大」，結果弄巧反拙，流入了傀儡似的公式大俠。

以下乙、丙兩小節所討論的孤寂和友情，是古龍小說裡兩大要素，但既是武俠小說，便先由俠談起。

甲、由仁義行，非行仁義也

石觀音謀奪龜茲王位，胡鐵花、姬冰雁明知絕非敵手，仍奮力一拚。他們敗了。石觀音問他們為何要自取其辱。

胡鐵花咬著牙，厲聲道：「大丈夫有所不為，有所必為！有些事明知不能做，還是非做不可。」（《楚留香傳奇》）

古龍道：「要做到『武』字並非難事，只要有兩膀力氣，幾手工夫，也就是了。但……一個人若只知道以武逞強，白刃殺人，那就簡直和野獸相差無幾了，又怎配來說這『俠』字。」（《楚留香傳奇》）

俠有武功，有能力為所欲為，所以他們的自制更難得，更可貴：「讓你最終的自制發自你的仁心吧，正因為你有能力作最兇殘的事，我才要你行好。說真的，我常嘲笑那些只因自己沒有利爪，便自謂善良的鼠輩。」

很多武功高強的人都不挾技胡為，但他們的自制卻並不一定發自他們的仁心，因為他們可以凡事依著「江湖道義」去做，就如古龍在《邊城浪子》所輕蔑的易大經：「我天性也許有些狡猾，但卻一心想成為個真正的君子，有時我做事雖然虛偽，但無論如何，我總是照著君子樣子做了出來。」

一般江湖道義認為除強扶弱、除暴安良等是「善事」，至於「為別人犧牲」更被公認為偉大兼神聖。假如一個人總是揀擇道德格律稱「善」的事，照著樣子做出來，就像易大經一般，他是否便可算是俠？

小孩子還未有能力判別事理，所以要遵守一套外在的規矩。但成人必須要自己去判斷是非，唯求循規蹈矩的人，不過像從未成人的孩子罷了。真正成長了的人，不會受世俗禮法所拘，但是他們會時常檢討自己，務使一言一行都發自內心的真誠，像蕭十一郎、胡鐵花、郭大路……從表面看，他們的行為和擇善固執的易大經之流相似，但這兩種人到底有什麼不同？

你看到一個絕色佳人，愛慕之心油然而生，這與你因別人說她是美女而立志去喜歡她是否不同？你走過糞坑，自動皺眉掩鼻，這與你知道糞坑是臭的而決定去厭惡它是否有分別？你有沒有因好色而覺得自己偉大？你會不會因惡臭而感到自己清高？若你不會，是不是因為你的好惡發乎自然？

你喜歡吃魚，也喜歡吃熊掌，不能兩樣都得到時，你捨魚而取熊掌，你會不會因這選擇而覺得自己作了偉大的犧牲？若你不會，是不是因爲這本出自你自己的取捨，因爲你根本欲吃熊掌多於吃魚？

胡鐵花與石觀音拚命，他絲毫沒有感到自己偉大，更沒有覺得自己捨己爲人，有所犧牲；他只是不希望這女魔頭橫行下去，即灑熱血也在所不計，如此而已，就像好好色惡惡臭一樣，有何偉大可言？他做他自己要做的事，又有什麼捨己爲人？從基本來說，他走的是自己爲自己選擇的道路，捨生取義，就像捨魚取熊掌一樣，又有何偉大犧牲可言。

胡鐵花、姬冰雁的字典裡沒有「捨己」、「犧牲」、「偉大」等字眼，因爲他們行爲的最後出發點都在他們自己的真正好惡。假如他們拚鬥石觀音並非發自誠心的激憤，而是循著「俠應爲江湖除害」的道德格律而行，那麼他們的行徑雖然不變，但他們的心境便會大不一樣了。

行事遵從外在格律的人，不免會覺得委屈了自己，覺得自己有所犧牲，覺得自己捨己爲人，簡直偉大極了！

捨己爲人，抑或是購買自我優越感？捨己爲人，抑或是往自己臉上貼金？捨己爲人，抑或是捨身而求名？這與人見孺子將入於井，因鄉黨宗族朋友皆曰善而去拉他一把有何分別？這不是易大經？難道這就是俠？

胡鐵花與易大經兩人不同之處，正在孔孟所謂：「人能弘道，非道弘人」，「由仁義行，非行仁義也。」

一般武俠小說的大俠所行無非「大仁大義」的事，但莫現乎隱，莫顯乎微，從小說的骨肉

細節上，我們可以看出他們其實並非由仁義行的真俠，不過是行仁義的公式大俠而已——人又怎能避免性情的流露。古龍能寫出集義所生、浩氣沛然的人物，這是他的一個特色，但他的小說裡也有幾個奉行公式格律的公式大俠。且從細微處比較一下《歡樂英雄》的郭大路和《邊城浪子》、《九月鷹飛》的葉開吧！

葉開是武俠小說中的典型大俠，武功絕頂，機智過人，認爲人應該愛不應恨，寬恕是對的，復仇是錯的，武功的價值在救人，不在殺人。

郭大路武功不差，卻非無敵，他爲人大路，什麼都不在乎，有時還有點糊塗。

葉開認爲俠應救人，事實上他最後也從傅紅雪刀下救出他積心追尋的殺父仇人，而且一番嚴詞正理，聽者動容，使他成爲「邊城浪子」。但丁求在他面前殺樂樂山，他看不見；傅紅雪當著他錯殺袁秋雲，他看不見；丁靈琳倚在他身邊殺白健，他看不見——郭大路一聽見棍子殺人，馬上跳起來衝出去搭救，快得連「俠應救人」這念頭都不曾起過。

葉開認爲人應相愛，他也諄諄善導小虎子應有愛心。但他一走入蕭別離的館子便把裡面所有武功不及他的人都當狗般戲弄一番——郭大路對著一班小毛賊，也沒有忽視他們的尊嚴和良知。

葉開認爲人應爲別人著想，他也真的處處維護著傅紅雪。但他明知馬芳鈴是殺父仇人的女兒仍去挑逗她，待她心動後很嚴肅地拒絕她，使她性情大變，然後以「她是這樣的女人」去摒棄她——郭大路受朱珠騙得很厲害，但當他見到朱珠落魄貧賤時，既沒有譏諷之心，也沒有鄙夷之意，只伸出了援助之手。

公式大俠自身的痲木性質，終不能靠公式改變過來。

乙、鷙鳥之不群兮，自前世而固然

隨便翻開古龍一部小說，至少有一半機會發現其主角極其孤寂——阿飛、蕭十一郎、孟星魂、傅紅雪、謝曉峰，甚至好事風流的楚留香、胡鐵花、陸小鳳。

他們感到孤寂的痛苦，但他們忍受孤寂，因爲他們需要孤寂——

水太淺則承不起大船，下雨大街上積水，放放紙船還可以，弄隻真船來怎會不擱淺？

障礙太多則伸展不開大翼，所以翼若垂天之雲的大鵬要飛，便不得不直上九萬里，絕雲氣，負青天，然後可以毫無阻滯，自由翺翔——但高處豈不勝寂寞？

孤寂不深則承不起獨立的人格，假如人連一點寂寞都忍受不了，時時要朋黨互慰，又怎可能養成獨立的人格？

尼采論何謂崇高時把孤獨（solitude）與勇、智、仁（courage, insight, sympathy）並列爲四大美德：「對我們來說，孤獨實是一件美德，是對高潔的渴望和追求。」

「我需要孤獨——那是說，我要復元，我要返回自己，我要呼吸自由、清新、活潑的空氣。」

我需要孤獨，因爲只有在孤寂中我才能明察我的本心——所以，王動寧可一個人躺在空房

子裡餓得半死，也不肯去和紅娘子他們過花天酒地的日子。（《歡樂英雄》）

我需要孤獨，因爲只有在孤獨中我才不必呼吸別人吐出來的渾濁空氣——所以阿飛寧願爲武林摒棄，也不肯去和趙正義等君子大俠合群。（《多情劍客無情劍》）

我需要孤獨，因爲我的人格只有我自己才能建立，因爲我生命的極峰只有我一個人可以攀登——這是古龍小說主題之一，他的主角不斷流浪，不斷反省，不斷超越自己，就像一把劍，在苦難中磨煉，在鮮血中成長。

九萬里上的大鵬雖然寂寞，但他背負蒼天，莫之夭閼，這逍遙遼闊的情趣又豈是在蓬草間糾合相娛的蜩與鳩所能領略？

古龍的小說充滿了秋的氣息——如中秋般清亢，如殘秋般肅殺，如秋菊般孤傲，如秋陽般熾艷。

「其容清明，天高日晶；其氣凜冽，砭人肌骨；其意蕭條，山川寂寥，故其爲聲也，凄凄切切，呼號奮發。」

秋，田隴麥熟，甘果結實，明知嚴冬已近，明知萬物將凋，但仍對生命無限熱愛，仍注人間以無限深情，這生機在古龍的小說裡跳躍著。

古龍喜用秋天來烘托氣氛：蕭十一郎相遇沈璧君於初秋，傅紅雪在暮秋中走入萬馬堂，孫玉伯在菊花盛放時向萬鵬王挑戰，燕十三與謝曉峰在殷紅的楓林裡決鬥。

人間萬事，到秋來都搖落，剩下是一片無邊的寂寞。

然而，古龍的世界雖蒼涼，卻絕不冷酷，因為這世界裡有朋友。

古龍的人物雖然孤寂，但並非與別人絕緣，他們的孤寂正是真摯友情的基礎。

友情，就像金色的陽光，普照著古龍的世界，使肅殺的秋天充滿了溫暖。

丙、嚶其鳴矣，求其友聲

兩個絕峰之間的最短距離是一條直線，但你必須有長腿才能跨越。

高處空氣稀薄，聲音不易傳播，唯一可以溝通兩顆絕峰上的心靈是友情，真正的友情。

尼采道：「古人認為友情是最崇高的情操，甚至比聖人最受讚美的性足自雄更為崇高。」

古龍道：「朋友就是朋友，絕沒有任何事能代替，絕沒有任何話能形容——就是世上所有的玫瑰，再加上世上所有的花朵，也不能比擬友情的芬芳與美麗。」

古龍不是不能寫愛情，但他更重友情、男子漢之間的友情。尼采說：「只有男子漢才能與男子漢並肩而立，沒有一個女人可以在男子漢心目中佔最親密或最崇高的地位。」就如楚留香所謂：「世上沒有一個女人值得我為她冒生命之險……為了自己的好朋友，大多男人都會冒生命之險。」古龍寫出很多莫逆之交，如「楚留香故事」的楚留香、胡鐵花、姬冰雁、張三；如《流星．蝴蝶．劍》的葉翔、孟星魂、石群；如《歡樂英雄》的郭大路、王動、燕七、林太平；如「陸小鳳故事」的陸小鳳、花滿樓、西門吹雪——這些相與為友的都是大丈夫，古龍的小說，就像一片古森林，但見參天喬木，並肩矗立，蒼勁雄偉，甚少籐蘿攀纏。

哲人亞里士多德說：「種種不同的友誼決定於我們對別人的態度，而這態度又似基於我們對自己的態度。……小人之心中充滿了悔恨，我們由此可以看出小人甚至對自己都不友好，因爲他發現自己並無可愛之處。」

有些人不能忍受寂寞，因爲他受不了他自己，他的人生價値，來自別人的讚許，這些人當然會群結依偎，互相標榜。

古龍寫的絕不是這等朋黨，他寫的是摯友——他們性足，他們自雄，他們能忍受孤獨，他們的友情是內心發出的陽光，除了使他們心靈溝通外，沒有任何其他目的或要求。

大丈夫可以赴湯蹈火去救朋友，但不會覺得自己在爲朋友犧牲，也不會使受援的朋友覺得受了恩而有欠債之感，就像阿飛幾次冒生命之險去救李尋歡，還不惜擔負「梅花盜」的惡名，但他從未令李尋歡感到要謝他（《多情劍客無情劍》），這種友情充滿了古龍的小說。

以心交、以血交的朋友，並非一味縱容、憐慰，在適當的時候拒絕對方的要求，正是真正友情的流露。西門吹雪在決鬥之前求陸小鳳爲他料理身後事，陸小鳳一口拒絕：「我不肯，只因你現在已變得不像是我的朋友了，我的朋友都是男子漢，絕不會未求生，先求死的。」（《決戰前後》）——不用說，若西門吹雪有不測，陸小鳳定會照顧他的妻兒，他開口相求，只顯出他心怯志衰，對自己失去了信心，陸小鳳若不設法助他恢復信心鬥志，難道真希望爲朋友收屍？

好朋友也是好醫生，不是同病相憐的夥伴。

大丈夫發現朋友有缺點，會直接指出，不稍隱瞞，因為他對自己的弱點，也不會隱瞞，因為他尊敬朋友，認為朋友也像自己一般堅強，能夠承當得任何真相，能夠不斷改進自己。

但好朋友更尊重彼此的自主，他只會指出朋友臉上的污點，讓朋友自己去解決，他不會越俎代庖，擅自動手替朋友去抹掉它。

古龍常不經意地，描劃出極真摯的友情，但他刻意求工時，也會寫出病態的朋友，如《多情劍客無情劍》的李尋歡。

李尋歡是個偉大的鐵膽大俠，他偉大得把真心相愛的未婚妻子林詩音讓給了朋友龍嘯雲，使三個人都活在痛苦裡。他這樣做，不但侮辱了林詩音，侮辱了他自己，更侮辱了朋友——他根本看不起龍嘯雲，認為他不配接受事實，只配接受施捨。結果龍嘯雲當然明白了妻子原來是別人讓給他的，但米已成炊，他只有活在李尋歡偉大的陰影裡，一輩子抬不起頭來。

李尋歡待阿飛也不見得比龍嘯雲好。阿飛受林仙兒欺騙，李尋歡不設法讓阿飛看清林仙兒的真面目，讓阿飛自定行止，卻很偉大地，犧牲自己去求呂鳳先，要他背著阿飛去殺了林仙兒。假如他偉大的計劃成功，阿飛便會像龍嘯雲般悔恨一生了。幸而林仙兒尚能自衛，而阿飛也非龍嘯雲可比——

阿飛是李尋歡的好朋友，但李尋歡一涉犯他的自主，他馬上警覺：「你以為你是什麼人？一定要左右我的思想，主宰我的命運？」李尋歡若再走一步，必會濺血，「無論是你的血，還是我的血，都得用血洗清！」（《多情劍客無情劍》）

與李尋歡相交真是非常危險，因爲他走火入魔，完全忽略了朋友的自主和尊嚴，以爲只要一味委屈自己、犧牲自己去干涉朋友的行徑，便偉大啊偉大！性格弱一點的人如龍嘯雲遇上了他，被他毀了一生還得感激他偉大的恩惠，真倒了八輩子的窮楣。阿飛脫穎而出，不止在他能擺脫林仙兒，還在他接近李尋歡的同時，阻遏了李尋歡的侵蝕，這才是阿飛最堅強之處。

拾絮

一、文體風格——袁宏道曰：「畫有工似，有工意，工似者親而近俗，工意者遠而近雅。」若文章也可以這樣分，古龍用的是工意之筆。他不會用三頁紙來描寫一個人的鼻子，但他能用寥寥數筆勾出一個人的神韻。他運用古詩的手法，二十個字使人看到一幅圖畫，然後用這圖畫製造氣氛，烘托情節。

古龍分段極多，一句一段，一個字也可以一段，這正是他寫意的手法，在適當的地方，一個字往往比一百個字更有力、更傳神。

古龍時常運用電影手法：鏡頭剪接，畫面運用，觀點轉移等。例如他常數十行一頓，用「××」分開，再起時鏡頭觀點已變，手法經濟俐落，緊湊活潑，現代文學所罕見。

古龍運字造句別開一面，簡潔直截，很多小說家、散文家都相倣效——古龍爲白話文學創立了一種新手法、新文體、新風格。

二、武功——古龍的武功與一般武俠小說不同，他捨棄奇招怪式，而著重出手的快、穩、狠、準，更著重武士的鬥志、氣勢、定力、心力。他的「七種武器」其實就是種種精神力量：「孔雀翎」寫自信，「碧玉刀」寫誠實，「多情環」寫仇恨，「霸王槍」寫愛情，「長生劍」寫在逆境中仍能笑的勇氣。

古龍能寫出比武場合的神髓，高手對峙，凝如河嶽，發若雷霆，一招判生死，有點像日本武士片中的比劍，不像我們的武打片，砰砰嘭嘭，過千招而毫無損傷，簡直是鬧著玩。

還有如上官金虹之敗呂鳳先，傅紅雪之敗公子羽，根本不動手便已徹底摧毀了對方鬥志，不戰而能屈敵之兵，此乃兵法中最高境界。

三、勇氣——有些人根本不知道處境危險，只是盲目去幹，這不需要勇氣。古龍的人物，對處境看得很透徹，不會低估危險，但危險當前，他們仍行其所必行，「自反而縮，雖千萬人，吾往矣。」

有些武打片寫大英雄身上插了十七八把刀仍若無其事，紅著眼盤腸大戰。古龍不寫這種橡皮茄汁造的蠻牛，他的人物乃血肉之軀，深刻感受到痛苦，不過痛苦並不足以阻嚇他們的行動而已。就像秦歌上虎丘鬥江南七虎，捱了刀之後爬著出去，半夜醒來疼得滿地打滾，哭著叫救命。人當然不免有弱點，而秦歌之所以爲秦歌，就在他嚐透痛苦滋味後，第二年還有勇氣重上虎丘。（《大人物》）

四、對手——古龍很少寫「好人」，也很少寫「壞人」，像上官金虹、荆無命、孫玉伯、燕南飛這些人，你縱然不贊同他們的行徑，也很難把他們當作「壞人」，至少他們並不是小人，因爲小人根本不配作爲對手：「你應只有可恨的對手，不應有可鄙的對手，你應能爲你的對手驕傲。」

古龍寫出很多肝膽相照的敵手，如楚留香與薛衣人、李尋歡與郭嵩陽、謝曉峰與燕十三，他們縱然決戰在即，生死立判，但仍惺惺相惜，互相敬重。古龍道：「自敵人處得到的敬意，永遠比自朋友處得來的更難能可貴，也更令人感動。」（《借屍還魂》）

五、生活——一般武俠小說寫的人物總有大把銀子往外花，但很少涉及他們的銀子從哪裡來的，古龍是例外。他很注重遊俠何以維生這問題，在很多部小說裡都提到，尤其「歡樂英雄」更有長篇幅的描寫。他的人物可以很窮，可以挨餓，可以上當鋪，但他們只當物，絕不當人，就像田大小姐可以趕車掙一碟客飯，謝三少爺可以挑糞擔換幾個饅頭，但他們不會仗恃武功去偷、去搶。

六、女人——在古龍的世界裡，除了極少數的例外，女人就是女人，不可以與男人相提並論。女人當然都極美麗，也可能武功很高，但她們終較像物多於像人，所以李尋歡才可以因把未婚妻子讓給朋友而被稱爲偉大。

古龍道：「白馬非馬。女朋友不是朋友。女朋友的意思通常就是情人，情人之間，只有愛情，沒有友情。」

尼采道：「你是一個奴隸？那你不能成爲朋友。你是一個暴君？那你不能有朋友。奴隸及暴君的質素在女人中潛伏得太久了，所以女人還未能有友情：她只會戀愛。……」

「女人仍像貓或雀。」

古龍道：「我問你：貓像什麼？你若說貓像女人，你就錯了。其實貓並不像女人，只不過有很多女人的確很像貓。」（《歡樂英雄》）

尼采道：「你到女人那兒去？別忘了帶鞭子！」

古龍道：「女人就像是核桃，每個女人外面都有層硬殼，你若能一下將她的硬殼擊碎，她就絕不會走了，趕也趕不走。」（《流星．蝴蝶．劍》）。

他倆可以一直說到天亮。

七、追求——武俠小說寫男女關係，幾乎是清一色的女人追男人。男主角總像女人磁石，一出場便使得一堆美麗、聰明的女子昏頭轉向，窮追不捨，古龍在這方面也很少例外。本來，時下的文藝小說寫男男女女追來追去當是愛情，已經幼稚得很了，武俠小說一面倒，男人像香花般吸引一群彩蝶，不但幼稚，而且可笑。

八、情節——古龍常以情節詭異見稱，可惜他的劇情很多時候發展得太驚人了，以致前後矛盾，好像作者寫小說前並沒有立好大綱，寫了一半忽然改變主意似的。這是古龍小說的一大弊病，需要狠狠地修改。

九、中斷——古龍有時很不負責任，中斷了小說算數，就如《鳳舞九天》。還有《白玉老虎》，他明言「我一定會寫下去，再過幾期後，我一定會讓每個人滿意。」現在已過了幾十期，他在「武俠世界」已開始了另一篇新稿，但《白玉老虎》呢？難道古龍的承諾一文不值？

十、太長——仔細研究一下，可以發現古龍最好的小說寫於六九到七二年間，那時他的小說節奏明快，並無拖泥帶水。但七三年以後他開始露出疲態，常似敷衍塞責：《火併蕭十一郎》狗尾續貂，破壞了《蕭十一郎》整部小說；《白玉老虎》只寫了個開局，已有六十萬言，不但在拖，而且以前清爽之氣大為減退，幾乎打回《絕代雙驕》的水平。

十一、求庇——古龍有時會忍不住跳出來對小說人物大加評價。有時他的描寫也稍嫌過火，譬如他的人物很多都有鋼線般的神經，怎麼會動輒作嘔、動輒全身抽緊？有時他也會越過寫作觀點的限度，強去作小說人物肚裡的蛔蟲，以致弄出不少矛盾。不過這些都是技巧小節上的瑕疵，應很容易刪正。

不論在意境神韻，或在文體風格上，我認為當代港台及僑居海外的小說家沒有一個及得上古龍——文藝小說、現代小說、武俠小說家包括在內。

但古龍的小說終是連載作品，所以每一部都有不少瑕疵，不少贅言，每一部都需要修改。不是像修訂《絕代雙驕》般不關痛癢的刪潤，而是狠狠地刪，大刀闊斧的改，把現存小說當作初稿，重新寫過。

古龍說過：「武俠小說最大的通病就是：廢話太多，枝節太多，人物太多，情節也太多。」

他自己的小說雖相當緊湊明快，但仍多少沾上了這些通病。

花的枝葉太多會妨礙生長，所以雖然可惜，也不得不忍痛把一些很好看的枝葉剪掉。

小說也一樣。

只要不斷向上，不斷成長，無論去掉什麼都是值得的。

謝曉峰不是爲求盡我而自斷雙手拇指？

希望古龍能追上他自己的理想。

一九七七年六月

【附錄四】

抽象化的江湖世界——人性煉獄的試金石

陳康芬

武俠小說的江湖世界是一個基源於歷史與現實基礎的文學想像空間，而其中最重要的內涵不外乎「武」與「俠」兩大主題。

顧名思義，「武」即指中國傳統的武術或任何以此延伸出去的假想武藝、招式、兵器等相關範疇（包括仙術法器），「俠」即指俠客，具有路見不平，拔刀相助、受恩勿忘，施不望報、振人不贍，救人之急、重然諾而輕生死、不矜德能、不顧法令、仗義輕財等性格特質的人。

而這些疏離社會且不同於一般人的特殊階層人員——「俠」，到了武俠小說裡，多半具有一定基礎的武功底子，並以其武功活躍在江湖舞臺，因此「俠客過招」自然也變成武俠小說中相當吸引人的描述重心，也是情節跳動之外的附加高度娛樂部份，然古龍卻將這種高手過招的武俠文字擬真化走向，導引到一種以「人性」爲衝突的江湖世界，除了對小說人物的不同人性展現外，還在江湖世界裡透露出一種多重的情欲關係，小說的人物和其信存的價值體系，在人性的擺蕩與挑戰、情欲的虛空與模糊下，昇華出一種「永恆英雄」閱讀情境之信仰與認同。

從刀光劍影轉向人性情愛糾葛

古龍曾對武俠小說的發展作了一番簡單的分析：

現代的武俠小說，若由平江不肖生的「江湖奇俠傳」開始算起，大致可以分成三個時代。

寫「蜀山劍俠傳」的還珠樓主，是第一個時代的領袖。寫「七殺碑」的朱貞木，寫「鐵騎銀瓶」的王度廬可以算是第二時代的代表。

到了金庸寫「射鵰」，又將武俠小說帶進了另一個局面。

這個時代，無疑是武俠小說最盛行的時代，寫武俠小說的人，最多時曾經有三百個。

就因為武俠小說已經寫得太多，讀者們也看得太多，所以有很多讀者看了一部的前兩本，就已經可以預測到結果。

最妙的是，愈是奇詭的故事，讀者愈能猜到結局。

因為同樣「奇詭」的故事已被寫過無數次了。易容、毒藥、詐死，最善良的女人就是「女魔頭」——這些圈套都已很難令讀者上鉤。

所以情節的奇詭變化，已不能再算是武俠小說最大的吸引力。

但人性中的衝突卻是永遠有吸引力的。

武俠小說中已不該再寫神，寫魔頭，已應該開始寫人，活生生的人，有血有肉的人！

武俠小說中的主角應該有人的優點，也應該有人的缺點，更應該有人的感情。

……

武俠小說的情節若已無法變化，為什麼不能改變一下，寫人類的情感，人性的衝突，由情感的衝突製造高潮和動作。

古龍觀點下的現代武俠小說的三個發展性階段，從還珠樓主到朱貞木、王度廬以至金庸，很明顯地可以看到，現代武俠小說的特色之一，是從俠義傳統過渡到鑄融俠情。而還珠樓主之所以能傲視武林、獨領風騷，主要原因不僅在於中國劍仙小說的豐富想像天地中，藉著小說各式人物修道成仙的種種歷程，體現出儒釋道三家的生命哲學情境：「忠恕之道」、「四維八德」的儒家信仰、「三世因果」、「六道輪迴」的釋家宿命、以及盈虛消長、有無相生、天地生成、陰陽五行、讖緯占卜、服氣引導、修道養生、煉丹法門、符籙驅鬼、神仙飛升、太上感應、天人合一的道家／道教思想，還在奇幻詭譎的劍仙世界裡，企圖指引出一條複雜矯作人性的可能出路，關於這點，還珠樓主曾在致友人信中自言：

惟以人性無常，善惡隨其環境，惟有上智者方能戰勝。忠、孝、仁、義等號稱美德，其中亦多虛偽；然世界浮漚，人生朝露，非此又不足以維秩序而臻安樂；空口提倡，人必謂之老生長談；乃寄意於小說之中，以期潛移默化。故《蜀山》全書以崇正為本，而所重在一「情」字，但非專指男女相愛。

還珠樓主所重之情，非僅愛情，尙含親情、友情、師徒之情等，然終以不墮入愛慾的超越情觀爲終極之境，而在人性七情六欲、善惡混沌、奸邪貪婪的種種面貌中，始終堅信邪不勝正的真理。而王度廬與朱貞木，更是以俠骨柔情縱橫武俠江湖，前者是欲哭無淚、纏綿悱惻的悲劇俠情，後者是寶劍紅粉、眾星拱月的男性浪漫。相較同時的白羽、鄭證因，王度廬與朱貞木的風格都普遍偏重於男女主角之間的情愛糾葛，尤其是王度廬，其小說主角之間的愛情悲劇在於人物價值取向認知與現實差距所產生之衝突，徐斯年對其小說人物呈現的「性格—心理悲劇」特質作了更進一層的推論：

在敘述結構上基本實現了從「情節中心」向「性格—心理中心」的位移……人的內部衝突和人性的複雜內涵一旦成為創作的主要追求，必然轟毀流俗武俠小說拘於表層善惡衝突、正邪爭鬥的窠臼。

而朱貞木更是相佐於白羽反應社會與鄭證因幫會技擊的寫實風格，愈發朝向人物心理刻描與時虛時實的武功氛境，武俠小說不再只是著重於武藝描寫與奇詭情節，亦也開始添入推動

情節的內部動力——人性在環境際遇下所引發的愛恨恩怨情仇，使得武俠小說中的江湖世界從「武」的外在殺戮過招描摹轉向到「俠」的內在情愛人性激現，人性與情愛的纏繞糾葛遂成爲武俠小說裡人物另一種表現自己的江湖場域象徵與實指。到了金庸的武俠江湖，則更是在高潮迭起、千奇詭變的故事情節中，體現出故事人物的不同複雜面貌與人性本身的各種姿態，其內涵的豐富多變與透視理解，都再再展現出武俠小說刻劃人性的可能寫作發展路徑，而武俠小說的江湖世界不再只是充斥武藝技擊或快意恩仇的廝殺，反是一個人性的各種可能性的展示空間。因此，善惡與正邪之間，也因爲人性的介入與參照，使得傳統武俠小說對於善惡、正邪的絕對二元判準，有了一條較寬泛的游移界線。

也就是說，武俠小說中的善惡、正邪標準，其實大多都在一種相當二元對立的情況下被固定在道德衡量與認知上——善者絕對是具有道德操守的正人君子，而惡者絕對是處心積慮使壞的奸邪小人，這兩者是完全不可能有任何逾越的可能性，在處境上亦是一觸即發的勢不兩立，但是金庸筆下幾個相當具有代表性典型的武林人物，卻進一步打破這種二元對立的絕對性，至終都游移於善惡、正邪的邊緣地帶。

如東邪黃藥師，其個性行事就是亦正亦邪、古怪刁鑽、陰晴乖戾，其弟子陳玄風、梅超風偷了九陰真經私奔後，他遷怒到其他四個弟子身上，一齊震斷腳筋，逐出師門。對許多聖人之語視爲胡言，卻又篤信忠孝爲大節所在，非是禮法……（《射雕英雄傳》）。

西毒歐陽峰更是一代奸雄，不僅爲人陰狠毒辣狡詐、凡事亦只求目的不擇手段，所做過的壞事更是罄竹難書，但他對歐陽克的寵溺，以及後來對楊過的關懷，卻都是發自內心的真誠流露，尤其是那段與楊過之間的父子情誼，更是絲毫無一點矯揉造作，而最後與洪七公比武，恩怨盡化，兩人抱頭互擁而亡，始終自然地呈現出一種由衷真摯的感人氣氛。（《射雕英雄傳》、《神雕俠侶》）。

赤練仙子李莫愁、四大惡人之孫二娘為不折不扣的女魔頭，然在面對愛情時卻是堅貞而癡心……（《神鵰俠侶》、《天龍八部》）；表面正人君子、道義凜然、行善不斷的岳不群，卻是一個企圖顛覆江湖秩序的陰謀家……。武林人物的正邪與善惡，因人性的多樣性而彼此逾越了非正即邪、非善即惡的二元定論，而突顯出一個更寬闊、更複雜的江湖人性空間。

到了古龍，仍是接續人性描摹的路徑，但他亦相當明白地指出人性與情感才是他製造小說高潮和動作的終極關懷，像「七種武器系列」，雖然表面上是寫關於七種不同的武器故事，但每一種武器背後卻都崁嵌一個主題——《長生劍》寫在逆境中仍能笑的勇氣、《碧玉刀》寫誠實、《孔雀翎》寫信心、《多情環》寫仇恨、《霸王槍》寫勇氣、《離別鉤》寫對愛的信諾、《拳頭》寫憤怒。

所以，七種武器其實就是隱射這七種潛蘊人性所包涵的無比力量，除了將武器予以象徵化外，然其最擅長的處理模式就是將小說中的正反人物所引起的表面判斷，在情節推演的過程中產生終極意義認知的錯置，也就是說，一個敘述脈絡的「好人」往往是最壞的奪權者與陰謀家，而一個看似放蕩的浪子反是永遠秉持初衷、無怨無悔、情義雙全的大好人，如李尋歡與龍

嘯天（《多情劍客無情劍》）、蕭十一郎與連城璧（《蕭十一郎》），而就在這樣的表面認知與實際真相上的錯置，主人翁不斷地被最親信的身邊人加害，也往往在武林爭名奪利的權力場域中產置出更多他人的誤解，面對背叛與子虛烏有之罪名，江湖變成了展現人性與考驗人性的最佳空間向度。古龍在這方面的創作意識相當強烈。

我所寫的人物，都是被投擲到一個人生最尖銳的環境中去的！呈現的是人生最尖銳的選擇與衝突。這種選擇往往牽涉到生與死、名與利、義與鄙等等人生問題，它雖不經常發生於我們真實的人生裡，但卻必是最能凸顯人性與價值的一種境況。

江湖無疑就是一種人生最尖銳環境的可能性集結，在時而驚濤駭浪、時而風平浪靜的江湖中打轉，往往是牽一髮動全身，但卻一秉自己的理念與信仰，在人性情愛的枷鎖、牢錮中尋得一種永恆性的出路與指標，武俠小說的江湖世界對於古龍來說，並非只是一種介於文學想像與社會寫實之間的虛構空間，而是在某種程度上具有反應理想性格與現實社會、人性落差的認知層面，因此古龍才有「江湖人才懂江湖」的感嘆：

不平則鳴，以牙還牙，現代的社會已經不允許這種行為存在了。

他們自己也知道，他們自己也想過正常人的生活，可惜卻往往會因為一口氣忍不下去而鑄

成大錯，就算本來是別人的錯，等他們採取行動後也變成他們的錯了，因為他們始終都不能明瞭時代在改變，某些古老的法則已被淘汰，血氣之勇已不足恃，所以他們就必然會受到排斥。

這就是江湖人的悲哀。

這個世界上還有江湖人存在，也永遠有這種悲哀。

但是他們那種守言諾，重信義，鋤強扶弱，永不妥協，路見不平就要拔刀相助，有仇必報，有恩也必報的精神，也永遠隨著他們的悲哀存在。

我了解他們這種悲哀，非常了解。

他們的精神和行為也並非完全沒有可取之處。

所以我一直試圖將這種可悲的矛盾溶入武俠小說中，而讓人在消遣之餘有所感觸，而能激發我們中國人人性中某種潛在的無畏精神，消除我們這個社會中某些怯懦、迴避、狡詐、不平的現象，使我們中國人在這個苦難的時代中站得更穩，站得更直。

這種寫法是和「橫的歷史」無關的，但卻有一種縱橫開闔的俠義精神貫穿其間。

「橫的歷史」的根棄，正意味武俠小說「去歷史化」的寫作路線，而之中所能縱橫開闔的俠義精神，其實又只是古龍個人男性中心權威意識型態下所凝聚的男性情誼信仰，但是又在企圖建構的過程中，因其心中對人低度信任與根本質疑態度，而在某種程度上徹底否認朋友之間的義氣與交情互為正比的可能性，不僅僅使得小說裡不遺餘力所頌揚的男性情誼更顯蒼白無力外，還間接模糊中國俠義精神背後「士爲知己者死」的內蘊傳統。

但是在古龍武俠小說中，能夠在詭譎善變的人性江湖歷煉中，激發他人人性中潛在無畏精神者，正是其能貫徹男性中心信仰權威的「真正男人」，他們永遠能在人性糾纏詆毀下的黑暗江湖處境發光發熱，也永遠能超越波濤江湖裡的情愛紛爭、人性衝突而成爲他人的終極指標與崇拜偶像。這些「真正男人」就是古龍武俠小說所歌謳的「英雄」——永恆英雄。

楚留香、陸小鳳——世俗英雄

楚留香和陸小鳳是古龍小說中最具知名度的兩個武俠男主角，也是最具有傳奇色彩的英雄，而在本質上，兩人亦是同質性相當高的一種原型人物。古龍曾經這麼形容楚留香這個人：

他年紀已不算小，但也絕不能算老。

他喜歡享受，也懂得享受。

他喜歡酒，卻很少喝醉。

他喜歡善舞的女人，所以一向很尊敬她們。

他嫉惡如仇，卻從不殺人。

他痛恨為富不仁的人，所以常常將他們的錢財轉送出去，受過他恩惠的人，也多得數不清。

他有很多仇人，但朋友永遠比仇人多，只不過誰也不知道他的武功深淺，只知道他這一生與人交手從未敗過。

他喜歡冒險，所以他雖然聰明絕頂，卻常常做傻事。

他並不是君子，卻也絕不是小人。

江湖中的人，大多都尊稱他為「楚香帥」，但他的老朋友胡鐵花卻喜歡叫他：「老臭蟲」。

對於武俠小說而言，楚留香之所以算得上相當特別的英雄人物的因素，即在於他已拋開武俠小說英雄人物背負、繼承前人使命與自己生命的沉重感或悲劇性，他那種看似玩世不恭卻又有相當嚴謹的個人行事風格與個性，在各種江湖考驗與危機下，仍能展現過人的機智、勇氣、決心、堅毅與愛心，就像古龍其他小說英雄人物一樣，但在日常生活裡卻又充滿一種追求世俗性歡愉的享樂氣氛，他喜歡女人、喜歡酒、喜歡任何有品質的生命享受：

現在，他舒適地躺在甲板上，讓五月溫暖的陽光曬著他寬闊的，赤裸著的，古銅色的背。海風溫暖而潮濕，從船舷穿過，吹起了他漆黑的頭髮，堅實的手臂伸在前面，修長而有力的手指，握著的是個晶瑩而滑潤的白玉美人。

……

這是艘精巧的三桅船，潔白的帆，狹長的船身，堅實而光潤的木質，給人一種安定、迅速、而華麗的感覺。

……

……這是他自己的世界，絕不會有他厭惡的訪客。（《血海飄香》）

而在這艘船上，還有三個聰明美麗的女孩子陪伴著他：溫柔體貼地照顧他生活起居衣著的蘇蓉蓉、對武林人物典故如數家珍的才女李紅袖、善於烹飪技藝的宋甜兒，對於楚留香來說，他的船就像他的家，這三個女子就像他最貼心的女侍家人，是他衷心喜愛的生活歸宿：

他只想回到他那舒服的船上，揚起帆，遠遠離開這些可厭的人群。他只想在那美麗的海洋懷抱裡，那溫柔地海風中，那黃金色的陽光下，完全放鬆自己，安安詳詳地休息一段日子，喝幾杯冰冷的葡萄酒，吃幾樣宋甜兒做的好菜，躺在蘇蓉蓉身旁，聽李紅袖說一些結局美滿的故事。

陸小鳳雖然沒有楚留香的華麗桅船，也沒有可隨侍在側的蘇蓉蓉、李紅袖、宋甜兒，但卻是一個如同楚留香一樣注重享受的人：

一葉扁舟在海上，隨微波飄蕩。舟沿上擱著一雙腳，陸小鳳的腳。

陸小鳳舒適的躺在舟上，肚子上挺著一杯碧綠的酒。

他感覺很幸福，因為沙曼溫柔得像一隻波斯貓那樣膩在他身旁。（《鳳舞九天》）

正如楚留香所言：「……人活在世上，爲什麼不能享受享受，爲什麼老要受苦……」享受情愛生命、享受物質生活，追求一切正當手段得來的歡愉享樂，並不會影響一個人的價值憑斷，更不會有任何不對之處，享樂原本就是一種理直氣壯，正如同人要吃飯睡覺般自然，陸小鳳也是如此：

陸小鳳心情也很愉快，因為他自己就是陸小鳳。

佈置豪華的大廳裡，充滿了溫暖和歡樂，酒香中混合著上等脂粉的香氣，銀錢敲擊，發出一陣陣清脆悅耳的聲音。世間幾乎沒有任何一種音樂比得上。

他喜歡聽這種聲音，就像世上大多數別的人一樣，他也喜歡奢侈和享受。（《銀鉤賭坊》）

因此古龍想要創造出的英雄人物並不是超人的神，而是「有血有肉，有思想有感情」的人，他曾清楚地宣示：「武俠小說中，現在最需要的，就是一些偉大的人、可愛的人，絕不是那些「不近人情的神」，楚留香和陸小鳳就是古龍心中可愛又偉大的人，而且還擺落武俠小說最常出現的少年英雄形象，呈現成熟風流男人的韻味與氣息：

他雙眉濃而長，充滿粗獷的男性魅力，但那雙清澈的眼睛，卻又是那麼秀逸，他鼻子挺直，象徵著堅強、決斷的鐵石心腸，他那薄薄上翹的嘴，看來也有些冷酷，但只要他一笑起來，堅強就變作溫柔，冷酷也變成同情，就像是溫暖的春風，吹過了大地。（《血海飄香》）

而有著「四條眉毛」的陸小鳳，更是個不在道德自律或他律束縛下，毫不掩飾自己情欲的中年男子：

開始的時候，他還不知道究竟是什麼地方不對，不知道還好些，知道更糟——他忽然發現自己竟似已變成條熱屋頂上的貓，公貓。

……

他再三警告自己：「她還是個小女孩，我絕不能想這種事，絕對不能……」

……

陸小鳳知道自己身體某一部份已發生了變化，一個壯年男子絕無法抑制的變化。

……

這小妖精的腿不知什麼時候忽然就露在衣服外面了。

她的腿均勻修長結實。

陸小鳳的聲音已彷彿是在呻吟：「你是不是一定要害死我？」（《幽靈山莊》）

相較於古龍筆下的其他英雄人物，陸小鳳和楚留香的確是較貼近世俗層面，他們和世俗男人一樣，都愛追求享樂、追求冒險，對於男女間的情愛肉慾也並不會有任何道德的制約，而將之視爲是一種成年男女你情我願的自然發展過程，然周旋在不同女人的情愛漩渦中，也一樣會有一般世俗中年男子的心情，偶爾由衷生起感到渴望情愛歸宿的迷惘：

陸小鳳忽然覺得很疲倦，他這一生，幾乎從來沒有這麼樣的疲倦過。

這並不是因為那種要命的疲倦，也不是因為那件要命的事。

這種疲倦彷彿是從他心裡生出來的，一個人只有在自己心裡已準備放棄一切時，那才會生出這種疲倦。

——也許我真應該做個「住家男人」了。

在這豔麗的夕陽下，看著葉靈孩子般的笑靨，他心裡的確有這種想法。（《幽靈山莊》）

甚至楚留香還像一般男子娶妻生子：

張潔潔咬著嘴唇，道：「我相信你，但我也知道，嫁雞隨雞，現在我已是你的妻子，你無論要去那裡，我都應該跟著你才是。」

……

張潔潔緩緩道：「那歡呼聲的意思就是說：他們已承認我們是夫妻，已接受你做我們家族中一份子……」

……

楚留香整個人都跳了起來，失聲道：「你已有了我的孩子？」（《桃花傳奇》）

雖然陸小鳳和楚留香最後還是回到感情浪子的原點，但是卻也真真實實地經歷了最世俗的愛欲與成家的體制中。

從負重英雄到悲劇英雄到世俗英雄，很清楚看到古龍筆下英雄人物所面臨的三種不同的類型化意義：因外在因素所必須忍辱負重、肩扛大任的負重英雄，其生命形態是一種外放式的歷練與證明過程；而悲劇英雄展現了一種內發性的生命之路與因自我個性所潛向的人生；不管是外在或內在的生命導源，英雄並非一定是沉重或歷盡滄桑，可以是被認同於世俗歡樂享受而不相悖於任何一項對英雄之考驗。

楚留香新傳（五）新月傳奇

作者：古龍
發行人：陳曉林
出版所：風雲時代出版股份有限公司
地址：10576台北市民生東路五段178號7樓之3
電話：(02) 2756-0949　　傳真：(02) 2765-3799
封面原圖：明人出警圖（原圖為國立故宮博物館典藏）
封面影像處理：風雲編輯小組
執行主編：劉宇青
業務總監：張瑋鳳
出版日期：古龍珍藏限量紀念版2024年6月
ISBN：978-626-7369-84-5

風雲書網：http://www.eastbooks.com.tw
官方部落格：http://eastbooks.pixnet.net/blog
Facebook：http://www.facebook.com/h7560949
E-mail：h7560949@ms15.hinet.net
劃撥帳號：12043291
戶名：風雲時代出版股份有限公司

風雲發行所：33373桃園市龜山區公西村2鄰復興街304巷96號
電話：(03) 318-1378　　傳真：(03) 318-1378
法律顧問：永然法律事務所 李永然律師
　　　　　北辰著作權事務所 蕭雄淋律師

行政院新聞局局版台業字第3595號 營利事業統一編號22759935

定價：340元

國家圖書館出版品預行編目資料

楚留香新傳．五，新月傳奇／古龍 著．　-- 三版．--
臺北市：風雲時代出版股份有限公司，2024.05
面；公分．（楚留香新傳系列）古龍珍藏限量紀念版
ISBN 978-626-7369-84-5（平裝）

857.9　　113002828